奇襲——奪われた青春の私記

大橋 渡

目次

奇襲　7
後記　141
おくがき　野村芳夫　195

奇襲——奪われた青春の私記

四月の南九州の空は明るかった。

私は所在なしに飛行場の芝生の上に寝ころんでいた。青い空には雲雀《ヒバリ》が気持よさそうにさえずっている。海は眠そうに、水平線は煙って見えていた。

これが戦争でなかったならばどんなに平和なことか、私は眠くなった。うっとりした心地よい眠さである。

百メートルほど離れたところには、一群の機銃陣地があった。たったいま、警戒警報が出たばかりで、鉄帽をつけ、重い防弾チョッキをまとった兵隊たちが、機銃を空に向けて立っていた。十メートル間隔に六つ並んだ陣地の真ん中には、今田少尉が双眼鏡を片手に空をにらんでいる。

私と同期の彼は、この陣地の指揮官であった。こういう光景が目に入らなかったならば、戦争も忘れ、空襲も忘れて、私は眠ってしまったかも知れなかった。

敵は朝の六時にやってきた。それから夕方の六時まで三時間おきにやってきて攻撃してきた。だが、来るたびに敵は相当の損害を与えられ、地上にはほとんど損害を与えずに撃退させられた。

私のいるこの基地は、沖縄を守る重要な基点であった。したがって、敵の攻撃も実に執拗《シツヨウ》きわまるものであったし、守る方も必死であった。だが、こうした状況では攻撃隊の発着には不自由となったので、攻撃隊およびそれを守る防衛戦闘機隊は、九州中部の基地へ引き揚げたのである。

それは昨日のことであった。そして在来のこの基地部隊だけでは、その兵力三十機にも足らず、とても守備するどころではなかった。飛行機は地下壕のなかに隠された。そして、それを操縦する搭乗員たちには、当分待機せよという命令が出たのである。もはや搭乗員たちは自由に空を駆け巡り、敵と交戦することができなくなったのである。

私もそうしたなかの一人であった。搭乗員たちは皆くさってしまった。誰一人として地上で死にたいなどと願うものはいなかった。昨日までは、警報が鳴り渡ると、顔色を輝かせ、一斉に飛び乗って離陸したものだった。

それが自分の愛機は地下に隠され、他日のために保存されるとなると、搭乗員たちはさっそく手持ち不沙汰になってしまった。そして警報が鳴ると、皆早くから壕のなかにもぐりこんで、おそらく昼寝でもしているのであろう。誰も姿を現わさない。

私は所在なく、芝生の上に仰向けになって若い兵隊と話をしていた。飛行場の端の高度五百メートルほどのところに雲の塊があるほかは、気持ちのよい、どちらかといえば、うっとりするような春日和であった。

けれども、今日はひょっとしたら、えらいことになるかも知れないという考えがあった。飛行場を防衛する戦闘機隊はもういない。飛行場は裸であった。敵の思うままの攻撃にさらされなければならないのだ。いままで一人も犠牲者を出さなかったこの目の前の機銃陣地も、今日はえらいことになるぞ、と思って私は眺めていた。

そこへ西小谷中尉がやってきた。彼は私の二期先輩で、やはり戦闘機乗りであった。飛行服を着ていた。彼は突っ立ったまま私の頭のかたわらで、機銃陣地を眺めていたと思うと、

「今田少尉は遺書でも書いておかんと、今日は生命が幾つあっても足らんな」

と誰に言うともなくつぶやくと、今度はしゃがみこんで私の耳に口を寄せ、

「大橋中尉、俺は今日、P・ハウスへ行って泊まるからよろしく。どうせ用のない体だからな」

とニヤリと笑い、立ち去っていった。

P・ハウスのPとは、パンパン〔＝売春婦〕の略で、つまり商売宿である。海軍では、いつからか知れないが、私の入隊したときはもうこの隠語は盛んに使われていた。

私は立ち去っていく西小谷中尉の後ろ姿を見送っていた。どこかで爆音が聞こえる。

ふと見ると、海の上を五、六機、脚を出して飛んで行くのが見えた。当時、味方機は味方陣

地近くを飛ぶときは皆、車輪を出すことになっていた。敵味方を見分けるためである。

私はどこか北九州の基地にでも行く飛行機であろうと思いながら目をつむった。かすかに潮風が鼻をつく。しばらく忘れていた臭いだった。昨年は、随分この香りを嗅がされたうえ、潮水を心ゆくまで飲まされた経験が思い出された。船の沈んだあとの重油と潮水を腹一杯飲んで、頭からは機銃掃射をされて……。

ふと見ると、私の隣にいた兵隊はうとうとと眠っていた。

けれども、先程からの飛行機の爆音がなかなか遠ざからない。なぜか私は気になって後ろを見た。後ろは小高い丘であった。丘の上にも機銃陣地が点々とあり、機銃が林立していた。その丘の上には先程から雲の塊が動かずにあった。

爆音はその雲の向こう側でしていた。しかし、その爆音に異状を感じた私は、今頃戦闘訓練なんて、どこの部隊だろうと思い、その低い雲を見つめていると、瞬間、雲のなかからサーーと、飛行機が飛び出してきた。

私はその飛行機を見て思わず息をのんだ。真っ先に躍り出してきたのは、アメリカのシコルスキー戦闘機であった。その特徴のある逆雁《ガン》型の翼をピンと張り、サイレンのような爆音を立てて飛び出してきたのであった。

次いで一機、二機、距離約五百メートル、仰角四十度、カタカタと機関銃の火を吹きながら

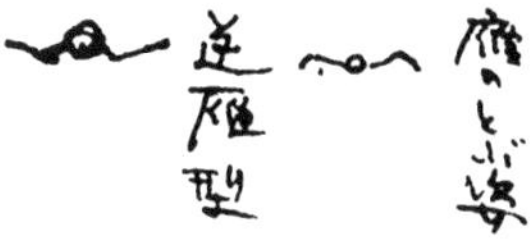

突っこんできた。真正面である。私の周囲にバラバラと土煙が立った。私はほとんど同時に跳び起きると、横飛びに百メートルほど離れた防空壕のなかへ飛びこんだ。私は学生時代、百メートルを十一秒で走った経験を持っている。けれども、そのときは、もっと早いスピードが出たのではないかと、いまも思われるのである。

防空壕のなかへ体を投げこむと、私はしばらく息もできなかった。恐怖は私の全身を襲い、膝がひとりでにがくがく震えて、止めようとしても止まらなかった。その壕は無蓋であった。上を見ると、いまも掃射を終わった敵機が超低空で目の前を過ぎると、格納庫すれすれに過ぎ去った。味方陣地からも一斉に撃ち上げたけれども、機先を制された形であったので、なかなか士気が奮い立たなかった。

敵機はさらに旋回すると、私の防空壕のかたわらにある機銃陣地目がけて殺到してきた。私はおそるおそる壕から首を出した。私の防空壕から五十メートルと離れていない陣地では、若い機銃員が機銃にしがみつき、必死になって撃ちまくっていた。

震える膝を押さえながら立ち上がって見つめていると、突っこんで来る敵機の弾丸がその若い機銃員の周りで土煙を上げていた。その兵隊は顔を真っ赤に紅潮させて撃ち上げている。敵機は掃射を終えると、サッと頭上を飛び越えた。と、その兵隊はぐるりと機銃を回して、退避するシコルスキー目がけて追い撃ちをかけた。

私は思わず、

「危ない、バカ」

と、怒鳴ったが間に合わなかった。

続いて突っこんでくる敵機の弾丸が、その兵隊の周りへ土煙を上げた瞬間、彼はギクリと伸び上がるような格好をしたと思うと、ぐったりと機銃に突っ伏せになったまま動かなくなった。

私にも経験がある。

一番機はとにかく必死になって、対空火器の集中射撃を一身に浴びながら急降下する。攻撃する方も、撃ち上げる方も必死だ。こうして一番機は射撃を終えると退避する。これに追い撃ちをかけることは、対空射撃をするものにとっては非常に撃ちやすいし、また当たるような気もするのである。けれども二番機、三番機と続けて突っこむものにとっては、これはもっけの幸いである。充分照準を定めて、弾丸を集中することができる。

　彼とても普段から決して追い撃ちをやるなと言われていたに違いないのだが、すっかり上がってしまっていたのだろう。敵機はさらに次々と急降下しては射撃した。全部で六機であった。初めの三機はシコルスキーで、あとの三機はグラマンであった。このころようやく、私は落ち着きを取り戻した。

　次々に攻撃進路に入って急降下してくる敵機を見ていると、敵としても相当の精鋭であるらしく、ピタリと首尾線を合わして、決して機首を左右に流すことなく、機銃陣地に対して、正確な弾道を作っていた。

　近くの陣地では、兵隊が次々と倒されたが、すぐ下に控えている予備員が交代して、機銃は休みなく火を吐いていた。飛行機の爆音と双方の撃ち合う機関銃の発射音とが交錯《コウサク》し、その間を将校の号令、命令が飛び交い、たったいままで平和であったこの飛行場も一瞬にして修羅場と化してしまった。あたりを見ても、皆防空壕にもぐりこんだのか、人影が見当たらなかった。見えるのは半身を壕から乗り出した機銃員と、全身を露出し軍刀を振り回して号令をかけている今田少尉の姿だけだった。

3番機
2番機
1番機
攻撃進路
退避

ふと気がつくと、今田少尉がこちらを向いて大声でなにかわめいている。けれども発射音に吹き消されて、意味がよくわからない。私はなおも彼の指差す方向を見て驚いた。私の前にある陣地では、兵隊が機銃にもたれ突っ伏した、最前のあのままの姿だった。

交代員がいないのか、この激戦中、一基でも休止していることは、それだけ味方にとって大きなマイナスになる。私は反射的に駆け出した。けれどもちょうど敵機が射撃してきたので、私は陣地の手前にある溝のなかに身を伏せ、敵機が飛び過ぎるのを待って、陣地のなかに飛びこんだ。

私は夢中でこの戦死者（それはいまだぬくもりが残っていたが）を抱き上げ、壕の外へ投げ出すと、機銃のハンドルを掴んで敵の方を向いたが、もう射撃する暇がなかった。敵機は続いて突っこんで来たのである。

私は壕のなかへ駆け降りた。三段構えの壕のなかの底へ降りて上を見ると、機銃の周りへパラパラと土煙が上がっていた。壕のなかには兵隊が五、六人いた。私はこの大事のとき、なにを愚図ぐずしているんだろうと思うと、無性に腹立たしくなって、

「なにをしている、馬鹿野郎」と怒鳴りつけた。

けれども私の目の前に立っている、血の気のない恐怖に蒼ざめた兵隊を見ると、彼が年取った補充兵であることに気がついた。気合いをかけてやろうと、思わず振り上げた拳を下ろして

しまった。

私はとって返すと、機銃にしがみついた。すると壕のなかからやっと気がついたかのように、「搭乗員だ、搭乗員だ」と叫ぶ兵隊の声が聞こえた。が、続いて急降下してくる敵機のために、振り返る余裕がなかった。敵はピタリと首尾線を合わして突撃してきた。機関銃が火を噴いているのが見えた。

私は機銃のハンドルを腰に当てると、敵のプロペラを見つめたままボタンを押した。ガンガンガンガン轟然たる発射音とともに、二連装のこの機銃は、直径二十五ミリの弾を、光を曳いて敵機目がけて送りこんだ。敵機は翼からプロペラの間から、機関銃の火を吐きながら突進してきた。それは火を吐く死の使いのような感じだった。

私の視線と敵機の首尾線がだんだんと一致しそうになった。私は心のなかで一、二、三と数えた。首尾線とこちらの視線とが合ったとき、それは同時に双方の弾が命中するときである。一秒の何分の一か、先に発射した方が、相手を倒すのである。

私は心のなかで四、五、六と間《マ》を計った。先方の陣地の方から、だんだんに弾着は近づいてきた。

射撃しながら「八」まで数えたときである。ピタリと双方向き合った。私は全身がカーッと火照るのを感じた。指が食いこむほどボタンをギューーと握り、大声で九、十と数えると、歯を食いしばって撃ちまくった。それはほんの一瞬間であったが、弾が光を曳いて、敵機のなかへ吸い付くように飛びこんだ気がしたのである。

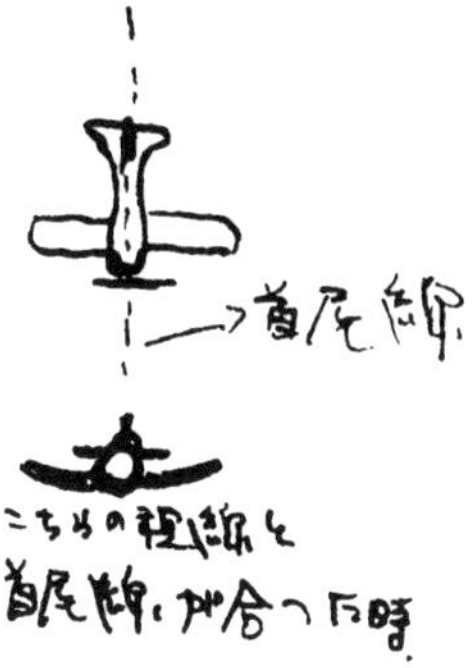

敵機はサーーと機首をひるがえして退避した。私はすぐ次にダイビングに入ろうとしている敵機に銃口を向けた。とそのとき、誰がなにをしようとしたのか、私は強い力で壕のなかへ引きずりこまれるような気がした。私は食うか食われるか、必死になっているときであったので、夢中で足を振り離した。

グラマンは気狂いのように猛り狂ってダイビングしてきた。ガンガンガンガン機銃が火を吐く。耳は完全につんぼになったような気がしたが、自分の撃つ機銃の音だけは耳を聾《ロウ》するばかりであった。

しかし、今度のグラマンは、突っこんだまま、なかなか機首を上げようとしなかった。ぐんぐん近づいてくる。畜生ーー、私は怒鳴りながら半身を乗り出して弾を集中した。曳光弾がスイスイ吸いこまれるように敵機に集中した。ガーーという爆音が耳を聾するほど近づいたとき、私は思わず壕のなかへ飛びこんだ。

その瞬間、黒い煙を見たような気がした。私は、急いで飛び出すと、機銃のハンドルを握り、続いてあとから突っこむ敵機の姿がないのを確かめて振り返ると、いまのグラマンは煙を吐きながら千メートルほど離れた海中に突っこんだ。

期せずして歓声が上がった。

これが最後で、敵機は飛び去った。

今田少尉は私のところに飛びこんで来るなり、

「馬鹿野郎、ここは貴様の来るところではない、貴様がこんなところで死んだらどうする。働くところがちがうぞ」と、怒鳴りつけた。

私は指を上げ、黙って海の方を指差すと、腕を振って彼の顔を眺めた。そしてなおもなにか言おうとする彼に向かって、

「ここで敵機を墜とすも同じことではないか、俺は死にやせんよ」

こう言ったとき、私は最前の戦死者を思い出した。

壕の外に彼は投げ出され、土の上に突っ伏していた。弾は背中から胸板を撃ち抜いていた。それは指が入るほどの穴であった。向きを変えてみると、胸から腰のあたりまで真っ赤に染まっていた。

今田少尉はなおも私の体を見上げ、見下ろしているので、私も気がついて自分の体を見ると、上衣をつけていないのに気がついた。白いシャツ一枚である。そしてシャツは真っ赤に染まっていた。シャツばかりでなく、ズボンまでもベットリ血糊がついていた。これは戦死した兵隊の血だった。

今田少尉も私の体についた血の原因に気がつくと、彼は無言のうちに兵隊を抱き起こした。顔は硝煙で真っ黒だった。体はすでに硬直を起こしていた。

「幾つだ」と私は今田少尉に尋ねると、

「志願兵だ、十九だよ」

見れば顔は黒く汚れていたが、顔のどこかにまだ童顔といったようなところのある少年だった。私は少年の防弾チョッキを外し、鉄帽を脱がせた。弾は彼の胸にザクロのような穴を開け、チョッキを一部引きちぎっていた。

戦死者を運ぶ車がやってきた。

今田少尉は部下に死体を運ばせると、私のいた機銃陣地のかたわらに並んでいる兵隊のとこ

ろへ足を運んだ。彼の顔は引きつっていた。私は彼を呼び止め、

「あまり怒るなよ、彼らもすっかり驚いてしまっているんだから、落ち着いてからゆっくり話すなり、気合いをかけるなりしろよ」と、私は彼に言い含めた。

私は士官室に戻った。

なんとなく気が落ち着かなかった。私は鏡に向かった。怒った顔をしてみたり、笑った顔をしてみたりしたが、顔の筋肉に異状がなかった。

なぜか、このことは私を少し安心させた。顔は硝煙で真っ黒く汚れていた。けれども、私の精神には異常を来していない。鏡を見ながら、いままで起こったことを頭のなかで思い出そうとしたが、ただ思い出すのは自分の興奮した姿だけだった。そのほかは、なんだか自分が夢を見ているような気がしてならなかった。

空中戦ではこんなことはなかった。私はもっと落ち着いていたはずである。移動する目標を固定地点から攻撃することがいかに難しいかを感じた。

それは射撃の技術的問題よりも精神的な面で難しいような感じがする。威圧的な轟音を立てて突っこんで来る敵機と正面切って撃ち合うことは、刺し違える覚悟が必要だ。それには練りに練った精神力を必要とする。私はただがむしゃらに撃ち合ったにすぎなかったのではないか。

いかに悲惨な状況下に置かれても、慌てず、騒がず、沈着に事に処さなければならぬ。私は

そのために血の出るような訓練をしたのではなかったか。空中戦は激烈だ。対空戦闘と比較しても、その点においては少しも劣るものではない。けれども、私たちは空中戦には場馴れがしていた。立場は常に対等であった。大空を舞台とし、激烈な旋回運動と、相対速度の渦のなかに撃ちまくり、撃ち合う戦闘は、激しくもまた壮烈なものであり、私たちの情熱と若さを打ちこむ絶好の場所であった。私たちはすべてを捨て、すべてを飛行機に打ちこんだ。

「大空に我《われ》死すとも悔いず、ただ最善を尽くさざるを恐《おそ》る」

これは私たちの合言葉だった。

いま、私は対空戦闘の嵐のなかに飛びこんで、なんだか戸惑いしたような感じであった。陸《おか》に上がった河童というのはこのことであろうか。

しかし、空中戦でも対空戦闘でも、士官たるものはその態度に変わるところがあってはならないと思う。私は少し恥ずかしくなった。

顔を洗うと私は私室へ戻った。私室では今村中尉がベッドの上に寝そべって、煙草を吹かしていた。今村中尉は振り向きもせず、煙草を吸いながら、

「大橋、大変だったな。シャツ一枚で機銃を撃ちまくっている馬鹿者がいると、さっき副長が言っていたが、貴様だろう。おい、少し働く場所が違いやせんか」

「うん、俺もそう思うが、見ていられなかったんだ。撃ち方も知らんような若い兵隊がな、背

中から田楽刺しになって倒れたうえに、誰も交代するやつがおらん」

「だが、おもしろかったろう。俺もやりたくなった」

今村中尉は吸いさしの煙草を窓の外へ捨てると、上半身を起こしかけたが、また仰向けになると、壁の方を向いて寝こんでしまった。

私は飛行服に着替えると、部屋の隅にあるガラスの化粧ケースの下についている水道の栓をひねり、カミソリを出して髭を剃り始めた。

時計は十二時、私は空腹を覚えてきた。おそらく、第二波の空襲があるだろう。今度の空襲は、前より大規模なものであることには間違いない。

鏡に映る今村中尉の姿を見ると、彼は眠っていなかった。壁の方を向いて自分の掌を見つめている。彼は飛行機に乗りたいのだ。そして、くさっているのだ。無理もない、私も空に飛びたいと思う気持ちはおそらく今村中尉に勝るとも劣らぬはずである。私はライフジャケツをつけた。これは飛行機に乗るとき以外は着ないものだった。私が部屋を出ようとすると、今村中尉は起き上がった。

「大橋、飛行機へ乗るのか」

「いや、乗る当てはないよ。ただ着てみたくなったのだ」

「無駄死にするなよ」

「俺は地上では死なんよ」

今村中尉は私の気持ちがわかったらしい。今度、空襲があったら、おそらく私がまた対空戦闘に飛び出すに違いないと彼は感じたのだ。

士官食堂は閑散としていた。部屋の隅の方で、今田少尉が武装したまま食事していた。彼は私の方を向いてニヤリと笑った。食事は塩鮭一切れと塩むすびの戦闘食だった。

「おい、今度来るやつはもっとでかいぞ」と私が言うと、

彼は笑いながら、「あまりうれしいお客さんじゃないな。とにかくきついよ」

「手伝ってやろうか」と私が言うと、彼は目をむいた。

「おい、あのあとで、俺たちは中隊長からな、貴様たちのなかにはシャツ一枚で敵の目標になりながら撃っている馬鹿者がいる。そんなに生命が惜しくないのかって、えらく油を絞られたぜ」

「いやそれは悪かった。だが俺は、気がつかなかったんだ」と言うと彼は、

「おい、搭乗員らしくないな。搭乗員というものは、もっと落ち着いているものだと思っていたが、この慌て者め」

と言うと、口を開けて笑った。私はほんとに嘲笑されているような気がした。

今田少尉は食べ終わると、腕時計をちょっと覗き、もうそろそろおいでになるころだとつぶ

やくと、軍刀をわし摑みにして外へ出て行った。

体重二十四貫〔九十キロ〕、身長五尺六寸〔約百七十センチ〕のガッチリした今田少尉の姿が、士官食堂の外の松林のなかに消えるころ、突然、空襲警報が鳴り渡った。私は出ようかどうしようかと迷ったが、しょせんこんなところでじっとしていられるものではないと思うと、飛行帽を頭にのっけて外へ出た。

遠くで、

「約三十機の編隊が大隅半島南端を北上中」

と怒鳴っている伝令の声が風に乗って聞こえてきた。

私は松林の外れに出た。そこは飛行場の端になっていた。

すぐかたわらには、屋根を厚さ約一メートルのコンクリートで固めた地下格納庫の入口がポッカリ口を開いていた。その入口には、整備員が十人ほど立っていた。彼らはなぜか右往左往していた。百メートルほど前方にはドラム缶が十ほど転がっていた。彼らはそれを片づけるために騒いでいるのだった。

私は飛行場に沿って松林のなかを歩きながら指揮所の方へ急いだ。そこには地下司令所もあったし、司令、飛行長、副官、飛行隊長もいるはずであった。そこへ行けばなにか情報がわかるかも知れないと思った。私は松林を出外れて、飛行場のなかに入った。目の前には、地上格納庫の巨大な建物が並んでいた。

かすかに爆音が聞こえてきた。私は立ち止まって南のはるか彼方、山の稜線を見つめたが、飛行機の姿は見えなかった。けれども、爆音はしだいに、しかも急速に近くなってきた。

そのとき、今日は東風であることに気づいた。はっとして東の海の方を見ると、いたいた、三十機ほどの敵機がぽつりぽつりと視界に入ってきた。

と、突如近くで、

「射撃用意、高度三千」と号令、伝令が飛び交い始めた。

私は、はじかれたように走り出した。走りながら空を見ると、敵は三千メートルの高度で東の海の方から見事な戦闘隊形を取りながら侵入してきた。近くの高角砲の陣地が突然火を吐いた。それが合図であったかのように、この飛行場の周辺にある六門の高角砲が一斉に火を噴き出した。ドカンドカンと、さすが高角砲の音は腹に染みこむようである。

私はとっつきの第七格納庫から第四まで走り抜け、その角を曲がって第三格納庫の前まで来たとき、はっとして立ち止まった。

第三格納庫の二百メートルほど前方、エプロンの上に天山《テンザン》艦攻が一機、置き忘れたように端座していた。けれども敵は頭上に来ている。どうすることもできなかった。

空を見ると、敵は飛行場の端で編隊を解き、二機宛、飛行場に突っこんできた。周りで高角

艦攻、艦上攻撃機の略称、主として水平爆撃及び雷撃を行ひ、航空母艦にも搭載される。

砲弾がバリバリ炸裂するのが見えた。私はかたわらの防空壕のなかへ飛びこんだ。もちろん、急造の壕なので天井なんかなかった。敵は二手に分かれた。一隊は滑走路を、一隊は機銃陣地と高角砲陣地へ。

　敵は急降下すると、翼の下からロケット爆弾を発射した。三十ミリくらいの小型であったが、シューーと音を立てて真っ直ぐに目標めがけて飛んだ。

　滑走路に穴が開けられ始めた。私の壕から五、六百メートルほど前に今田少尉の陣地があった。彼の陣地はみるみる内に濛々《もうもう》と砂煙に包まれてしまった。

　けれども私にとってはもっと重大なことがあった。それは目の前にある飛行機である。もはやどうすることもできない。けれども、これが敵の機銃掃射によって燃やされるか、ガタガタにされるか、いずれにしても私にとっては、見るに忍びなかった。私の腹はぢりぢりと何物かに焼かれるような苛立たしさを感じた。手袋を握る私の手が、じっとりと汗ばんでくるのを感じた。

　すると、近くの第三格納庫の内から兵曹長を頭に十数人の整備分隊の将校や兵隊たちが、めいめい口々になにか叫んだり、わめいたりしながら走り出してきたと思うと、私のいる防空壕を近くに見つけて飛びこんで来た。三分隊の整備分隊の連中だった。どうしたのだと聞くと、一番先に飛びこんできた井上兵長が、

「あれ北川大尉の飛行機なんです。北川大尉がどうしてもあれを退避させろと息巻いているのですが、どうにもなりません。退避させようとしましたが間に合いません。北川大尉が俺一人でも退避させると言って飛び出したのをいま、隊長が止めて連れて行きました」

彼は飛行機の方を指差しながら口惜しそうに目に涙をためて、はあはあしながら早口に言うと、最後に関西弁で
「あきまへん」といった。

この言葉はほんとうに、もう駄目だという感じを強くさせるものだった。そういえば、今村中尉と部屋で話をしていたとき、爆音がしたと思ったのは北川大尉だったんだなと思った。昨日、出払った攻撃隊から連絡便があるとは誰か言っていたが、北川大尉が敵の攻撃の合間を縫って連絡に来たものであることはすぐ飲みこめた。北川大尉にしても、もしここでやられたら、今夜にもあるかも知れない出撃に出られなくなる。搭乗機がなくて出られないくらい、飛行機乗りにとって辛いことはない。

軍医長の倉田少佐がかつて言ったことがある。

「搭乗員を驚かすには鉄砲玉だって役に立たん。まして鉄拳で殴ったって無駄だ。俺がお前は体が悪いから飛行止《ド》めだと一言いえばびっくりして跳ね上がる。その次にはたいがいの大男が泣きべそをかく」

と言って士官連中を笑わせたことがあったが、それは事実であった。

私には北川大尉の気持ちはわかりすぎるくらいよくわかる。どうにかならないものか。私は改めてあたりを見回した。もうまったくの生き地獄であった。飛行機の爆音、機銃のカタカタという音、爆弾の破裂音、高角砲の咆哮にまじって、人間の出す振り絞るような号令が飛び交い、不協和音の交響楽を現出していた。太陽の光は、砂煙と硝煙でかすみがかかったように薄かった。

井上兵長は上衣の袖を肘までまくり上げ、壕から半身乗り出して、天山艦攻を見つめていた。分隊は違うが、彼はきびきびとよく働く青年であった。いつも受け持ちの飛行機が着陸すると真っ先に飛び出し、格納庫へ向かって滑走する飛行機の翼にぴったり寄り添うようについて走る、小柄な彼の姿を、私は毎日のように見てきた。

格納庫の前で飛行機がプロペラを止めると、彼は猿《ましら》のようにするすると翼に上がり、搭乗員に調子の良し悪しを聞きながら、バンドを外してやったり、手を出して座席から引っ張り出してやったり、かゆいところに手の届くような良き女房ぶりを発揮していた。彼は誰からもかわいがられた。彼の分隊の集まるところ、いつも目のくりくりした、丸顔の姿が見られた。

私はかたわらにいる村田上等兵曹に尋ねた。

「村田上曹、あの飛行機はせめてエンジンだけでも助けることができないかな。エンジンが駄目なら、せめて、プロペラか車輪だけでも、いや、タイヤだけでもいい」

瞬間、井上兵長、村田兵曹の顔がさっと輝くのを感じた。村田兵曹はラバウル生き残りの下士官だった。したがって飛行機の貴重さを、身をもって体験している老練な下士官であった。

彼は言下に、

「分隊士、分隊士の意見をお伺いいたします」と言った。

私は、敵は滑走路に爆弾を落としきったら格納庫とあの天山を銃撃する。それまで五分間くらい時間があるように思う、と言った。

彼は「私もそう思います。やりましょう」と腕をまくった。

私はとっさに、

「あとに続け」と言うなり、壕を飛び出した。

私らより、戦《いくさ》の駆け引きに馴れている彼の言葉は、私に勇気を与えた。

私が駆け出すと、

「危ない、馬鹿野郎、やめろ」と叫ぶ声が聞こえた。

振り返ると、村田上等兵曹と一緒に壕のなかへ飛びこんできた倉橋兵曹長だった。彼らの指揮官だった。

彼は真から危ないと思ったのであろう、階級を忘れて私に怒鳴ったのだった。

私は走りながら振り返り、

「なにが危ない、危ないと思ったら貴様も出てきて手伝え」と言うなり、一散に走り出した。皆に置き忘れられ、寂しそうにたたずんでいる艦攻の機首の上に私は飛び上がると、馬乗りになった。井上、村田の下士官はじめ十人近くの若い、しかも張り切った兵隊たちがすぐ続いて走ってきた。井上兵長は私にビス回し〔ネジ回しのこと〕を投げてよこした。私はそれを受け取ると、急いでネジを回しにかかったが、慌てているのでなかなかネジに噛み合わせなかった。私は心のなかで落ち着いて、落ち着いてと自分に言い聞かせた。

さすがに明けても暮れても分解、組立をやっている連中だけあった。みるみるうちにカウリングが外され、プロペラシャフトからプロペラが外された。井上兵長と村田兵曹は脚立に乗っ

て、プラグの電纜《ケーブル》を一つ一つ外した。それは目にもとまらぬ速さであった。私が一つ外すうちに彼らは三つも四つも外した。ゲージ類の管が外され、電纜が外され、燃料およびオイルの系統が次々に外された。

私は馬乗りになって、

「早く、早く、慌てるな、頑張れ」

と必死になって激励した。

いよいよ最後に残るところは、エンヂンベッドだけになった。一番下が外され、左右が外された。残るところは上だけである。

村田兵曹は手を挙げた。格納庫の陰から、小型のクレーンカーが出てきた。馬鹿に手回しがよい。それは村田兵曹が手配しておいたものだった。クレーンカーは手前まで来ると、バックしてきて止まった。私はスパナで上の止め鈑を押さえた。下から井上兵長がプライヤーでネジをガッチリと噛み、カランカランと静かな音を立てて回し始めた。そのときである。私は若い兵隊を見張りに立たせ、もし敵の飛行機がこちらを射撃してきたら教えるように言っておいたのだったが、その兵隊が突然、

「西側、敵」とうわずった声で叫んだ。

私はしまったと思って後ろを振り仰ぐと、私の背中を狙っているかのごとくピタリと機首を

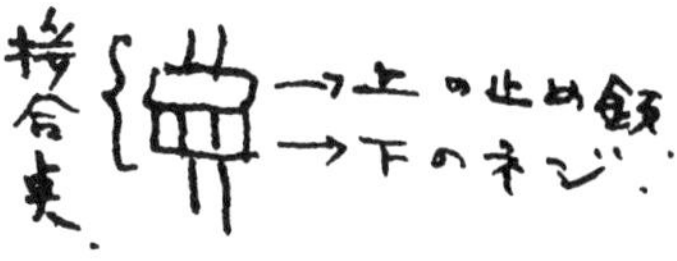

こちらへ向け、約千メートルの高度から、まさに急降下せんとしているところであった。それはまさしく獲物を狙う鷹か隼を思わせるものだった。

私は、「横に散れ」と号令をかけるや、ぱっと飛び降り、二十メートルくらい走って、敵機の進行方向と並行に体を伏せた。バリバリと機銃の音とともにサイレンのようなエンヂンの音を立てながら、グラマンが疾風のように突っこんできた。

飛行機の後方、四百メートルくらいのところからパッパッパッと砂煙を上げ、一条の帯のように弾着点を作りながらガーーと飛行機の上を通っていった。天山は弾が命中したのであろう。軽くいやいやをするように翼を振った。泣きたいような気持ちだった。あと一分待っていてくれたら、エンヂンを取り外すことができたに違いない。でもこれが戦争なんだ。私は、自分自身にそう言い聞かせた。けれども諦められぬ。

見れば、遠くの機銃陣地の様相は、見るも悲惨だった。砲煙、爆煙に包まれてしまってよく見えないが、そのなかを機銃員が倒れては代わり、倒れては交代して応戦している姿がちらちらと見えた。

滑走路はまったく痘痕《アバタ》面になってしまっていた。たとえ私が再び飛行機に乗るとしても、この基地は使いものになるかどうか、はなはだ疑問である。勝ち誇った敵は、なおも格納庫に対し、対空火器に対して、腐肉に集まる蠅《ハエ》のごとく群がった。興奮してはいけない、と私は自分自身に言い聞かせた。士官たるもの落ち着いて、絶対に情勢判断に誤るごときことがあってはならない。

私は腹に力を入れて立ち上がった。と同時に、私は死に場所を得たような気がした。空で死ぬも、地上で死ぬも、飛行機とともに死ぬことこそ、私の願いではないか。いやいや死ぬことではない。私は永遠に飛行機とともに生きるのである。

いま射撃したグラマンは、はるか前方上空を旋回している。引き返してくるのであろう。私は歩き出した。そして走り出した。しだいに速く、そして天山の機首に飛び乗った。爆撃も銃声もどこか遠い世界の、私にはなんの関係もない出来事のように思われてきた。第一回の空襲後の割り切れぬ気持ちが晴れたような気がした。私は飛行機乗りである前に海軍の士官でなければならなかったのだ。

私がスパナを握って止め鈑を押さえ、左手でプライヤーを出そうとしたとき、下から真新しい軍手にしっかり握られたプライヤーがニューと出てきて、ガチリとネジを噛んだ。

「大橋中尉、行きますよ」

井上兵長の声だった。

私は「ヨーソロ」と答えた。

プライヤーがカランカランと、軽い音を出して回り始めた。私の耳に入るのは、ネジを回すプライヤーの音だけだった。すべてを忘れた静寂のなかに、カランカランと、静かに回るプライヤーの音は、現実を越えた何物かであるに違いない。これを無というか、霊というか、あとで文学好きの村田兵曹は、このときの状態を「現実という網に濾過《ロカ》された超現実だ」と形容した。

「来るようですよ」

兵長の声に、私がはっと頭を上げると、今度は反対の真ん前から、敵は引き返し、攻撃してきた。けれども白い軍手をはめた兵長の手は、少しも変わらずカランカランと回し続けていた。

私はスパナを持ったまま、思わず頭を下げた。ガガーーと敵は弾丸を浴びせると、一瞬にして飛び去った。ガソリン臭いので横を見ると、翼に穴が開いてガソリンが漏れていた。発火しなかったところをみると、徹甲弾が命中したものとみえる。まだエンジンには当たっていない。おそらく、すぐ引き返してくるに違いない。

「もう外れます。ワイヤー」

と兵長は、ワイヤーロープを下から投げた。

私はそれを受け取ると、複列のシリンダーの周りにワイヤーをかけ、上で軽く結んで、クレーンのフックに引っかけた。兵長の声は気味が悪いほど静かであった。私は再びスパナを握った。兵長のプライヤーは最後の一回しにかかっていた。

「来ます」

井上兵長の姿はエンジンの陰で見えないが、落ち着いた声が聞こえた。私は振り返った。今度は続いて二機、真後ろから突っこんで来た。私は思わず「畜生ー」と叫びながら、夢中でスパナを握りしめた。私の背中に二十ミリ機銃弾の穴が開くことを予期しながら——。

最初ドスンと鈍い音がしたと思うと、同時に目の前がパッと火が出たように明るくなった瞬間、私は強い爆風を感じてよろめいた。頭の上をガーーと過ぎ去るのと同時に、続いてバリバリと機銃弾が目の前をかすめ、天山の機体にブスブス穴を開けた。

私は頭を下げた。逃げも隠れもできなかったけれど、頭を下げざるを得なかったのだ。私はプライヤーを見た。プライヤーは動かなかった。

　プライヤーを握りしめた軍手がしだいにゆるんできたと思うと、プライヤーをネジに噛ませたまま、軍手をはめた手は静かに離れ、そしてスーーとエンジンの陰に吸いこまれるように見えなくなった。ドサリ、朽木を倒すような音がした。私は全身の血が逆流するような気がした。そのとき、数人の整備兵が、疾風のように飛びこんできた。

　新しい手がプライヤーを握った。ネジは一回しされ、ガチッと音を出して外れ、エンジンはクレーンに吊り下げられて宙に浮いた。だが、クレーンカーは動かなかった。

　村田兵曹は運転台に飛び乗り、血にまみれた運転手を引きずり出すと、自分でエンジンをかけたが、クレーンカーはスタートしなかった。弾を浴びてガタガタになっていたのだった。し

かし、天なるかな、命なるかな、すぐ近くに、魚雷運搬車が放置してあった。

　まったく天の助けであった。整備兵は、兵曹が運転台から降りないうちにもう運搬車を押してきた。まったくの全員、心を合わせた以心伝心の活動だった。天山の操縦席に飛び乗ると、私は引き込み脚のハンドルを握り、力一杯、前後に動かした。整備員二、三人がすぐ尾部に回って飛行機を揺すると、機は脚をグニャリと曲げて坐ってしまった。首のない、地面に坐った飛行機。もう用がない。私は飛び降りると、パッと横飛びに走り出した。

　同時に、敵機がバリバリと撃ちながら急降下してきた。

　私は夢中で走った。クレーンカーが燃えだした。私の前を三人の整備兵が走り、その前を数人の兵隊がエンヂンを載せた魚雷運搬車を運んで行く。すぐ続いて二番機が突っこんで来た。見れば天山を狙わずに、私たちを狙っているようである。

　私は「早駆け」と号令をかけたが、なんでこれ以上速く走れよう。それでなくても、総員全力を出して走っているのだった。敵機は機首をひねって、退避する私たちに機銃弾を浴びせた。だが私は驚かなかった。旋回しながら撃つ弾は、あまり命中率がよくない。ことに地上の目標を撃つ場合にはである。

　だが、先頭を走っていた村田兵曹はバッタリ倒れた。駆けつけた兵隊が抱き起こし、真ん中にはさんで、左右から担ぐとそのまま走り出した。兵曹のズボンはみるみるうちに血で真っ赤に染まっていった。足をやられたらしい。まぶしいような赤い血が、新しく萌えだした芝生の若い青のなかに点々としるされた。

私は大声で防空壕に向かい、「衛生兵――」と怒鳴ったが、いないのか、聞こえないのか、返事がなかった。私たちは一団となって防空壕のなかへ転げこんだ。

防空壕のなかには、倉橋兵曹長がいた。飛びこんだ私とばったり顔を合わせた。彼は蒼白な顔をしていたし、その目は引きつっていた。けれどもその眼光には光がなかった。このことは私を少し驚かせた。倉橋兵曹長は、井上兵長の倒れている方を指差しながら言った。

「誰か二人を連れてこい。放っておいたら、助かるものも助からなくなる」

私は少しむっとした。

「あんたのかわいい部下だ、あんた連れてきなさい」

私はそう言うと、寝ている村田上等兵曹のところへ行った。村田兵曹の足は三角布で止血の手当がされていた。けれども兵曹の顔は蒼かった。私は村田兵曹の手を取り、

「ご苦労感謝する」と一言だけいった。

私はとにかく、戦闘指揮所へ行かねばならぬと思った。私は皆の顔を見た。皆の顔は黒く汚れていた。そして、目だけがギョロギョロ光っていた。弾の下をくぐった者の共通の顔だった。

彼らは壕の壁に背中をもたれかけて坐っていた。疲れ果てた彼らの体が休息を必要としている

ことはいうまでもない。けれども今日の戦いはこれからなのだ。

私は「煙草を持っている者がいるか」と尋ねると、一人の兵隊が胸のポケットからヨレヨレになった一本の煙草を出した。それは「金鵄《キンシ》」〔敵性語とされた「ゴールデン・バット」の戦時中の言い換え〕だった。私はポケットから、「光」を二箱出した。つぶれて平たくなっていたが、まだ一本も吸っていなかった。私はそれを皆に配ったが、誰も吸い出す者がいなかった。私は一本、口にくわえ、そして火を点けた。なぜかマッチを持った手が、目に見えるほどガタガタ震えたようだった。

壕のなかに漂う一条の煙、それは私だけでなく、壕のなかにいる者みんなの気持ちを解きほぐすのに役立った。兵隊たちは煙草を吸い出した。

「アーウメエ」寝たまま煙草をくわえた村田兵曹が、奇声を発して怒鳴った。しかし、誰も笑わなかった。

外では、戦闘は前よりも激しくなったようである。私は腕時計を見た。しかし、時計は止まってしまっていた。腰にぶら下げている時計は、十二時五十分を指していた。敵襲が始まってからまだ三十分も経っていなかった。とにかく、戦闘指揮所へ行かねばならぬ。私は壕から頭を出した。機銃弾は前より激しく飛び交っているように思われた。私は壕のなかを振り返った。兵隊たちの顔は黒く汚れた上に、汗の縞ができているのがおかしく感ぜられた。

彼らは皆、私の顔を見つめていた。彼らと私とはいままで一緒に働いたことはなかったけれど、わずか数分の奮闘で、彼らとの間には、長く一緒にいたような感情が交流しているのが感じられた。

「俺は戦闘指揮所にいる、用があったら連絡しろ。衛生兵はすぐよこす」

と言うと、私はポケットに熱糧食が二箱あったのを思い出し、兵隊に投げた。彼らの厳しく引き締まった顔が、一瞬ほころびるのを感じた。私は壕を飛び出した。「お大事に」と叫ぶ声を背中に聞きながら。

戦闘指揮所には航空隊の首脳部が集まっていた。司令、荒木大佐以下、皆、指揮所の壕の前に立っていた。壕は厚さ一メートルのコンクリートの壁で固められていた。当直将校が、なかにある無電室と連絡をとるため出たり入ったりしていた。副直将校は青山中尉で同期生であった。

敵機が掃射してくるたびに、青山中尉は司令の前に立ちふさがった。しかし、司令はうるさそうに、そのたびに青山中尉の体を押しのけた。私は遠くからこれらの光景を見ながら、早駆けで戦闘指揮所に到着した。

そこには私の直属の上官であり、かつては教官でもあった飛行隊長の西田大尉がいた。彼は紺の軍服に、白線の二本入った艦内帽という平素の服装で、べつに武装はしていなかった。

私が立ち止まって敬礼すると、彼はポケットに手を突っこんだまま、

「大橋中尉、第一格納庫が火災、すぐ状況を報告せよ」と言った。

私は答礼した。彼の陽に焼けた黒い顔と、ピカリと光る目の光が私の印象に残った。

私はそのまま第一格納庫へ駆けつけた。格納庫の火災はたいしたことはなかった。天井の鉄骨とトタンの間に張った板が焼けただけであった。

しかし、消防自動車のエンヂンは、かけっぱなしになったまま誰もいなかった。自動車の腹から出ているホースの先を追っていくと、天井の鉄骨の間に飛行服を着た男が、ヤモリのごとくぴったりへばりついて、蛇口を燃えているところへ向けていた。私も鉄骨を伝わって昇り始めた。ほぼ天井近くまで来たときである。その飛行服の腕に中尉の袖章がついていた。私は彼が誰であるかわかってきた。

私が「川守田」と呼ぶと、彼は私の方を見た。私がなおも彼の方へ行こうとすると、突然キーーンとエンヂンの金属音がしたと思うと、パーンパーンと機銃弾が屋根に穴を開けた。私は怖くなった。しかし、逃げることができなかった。川守田はべつに逃げもせず、消火作業を続けていた。

彼は私の方を見ると、

「大橋、こっちはもう消えるから大丈夫。すぐ報告してくれ」と言った。

私がなんで来たかを彼は察していた。私が頭の上を指すと、彼は首を縮めて顔をしかめてみせ、続いて舌を出してニヤリと笑った。

「お前、怖いぞ。おう俺はな、何度飛び降りようと思ったかわからん」と言った。

私は急いで下に降りると、格納庫を飛び出した。要所要所には着剣《ちゃっけん》した番兵が立っていたが、彼らの一人一人がいずれもセーラー服にひさしのない帽子の顎紐《アゴヒモ》を付け、必死の面持ちで突っ立っているのは、ちょっと異様な感じだった。彼らはいずれも四十歳前後かと思われるような老兵ばかりだったが、なぜ姿勢を低くするくらいのことをしてはいけないのだろうと思ったが、私は隊内随一のやかまし屋である、衛兵副司令の上田中尉を思い、馬鹿なことをするな、とちょっと二期先輩の将校の頭を疑いたくなった。

私が第一格納庫の状況を報告すると、西田大尉はちょうど飛行長および陸戦隊指揮官となにか相談中であったが、「ご苦労」と会釈すると、ちょっとなにか飛行長に耳打ちした。飛行長は大きくうなずくと、私の方を向いた。私は飛行長と向かい合った。彼は私の顔を、目を見つめたと思うと、次の瞬間、「命令」と大きな声を出した。神社の神官のような感じのする、口の周りに髭《ヒゲ》を生やした、このどこかのお公家様の子孫といった感じのする、足の悪い飛行長は、声も大きかった。

「大橋中尉は第七機銃群の指揮官に協力し、敵戦闘機を撃墜すべし」

私はこの上級指揮官たちの態度から、直観的になにかあるなと思った。はたして、これは飛行隊にとっては重大な決定であった。一飛行将校を陸戦隊に協力させる。それは砲兵を、歩兵に使うようなものであった。しかし、私は飛行将校であると同時に、海軍将校であった。艦船勤務でも、陸戦隊でも、海軍将校のすることは、なんでもできなければならないはずである。

西田大尉はヂット私の顔を見ていた。私は復命すると、西田大尉にも敬礼した。すると西田大尉は、白い歯を出してニッコリした。陸戦隊指揮官は済まなさそうな顔をして、

「なにしろ手が足りませんでお願いします。これを着けてください」

と言うと、白分の着けていた防弾チョッキと鉄帽を外して私に差し出した。

私はいりませんと言うと、回れ右をして駆け出したとたんに、

「待てー」

と西田大尉の一喝が後ろから飛んで来た。

この「待て」の号令は、海軍では絶対的である。私は立ち止まった。そして振り返ったとき、私の目には西田大尉の拳が大写しに映った。ガンガン目から火の出るショックである。

「誰が命を粗末にしろと言った。この猪武者。だから裸で機関銃を撃つような、無様な真似をするんだ」

久しぶりの鉄拳である。私が学生時代、まだ少尉候補生であったころ、練習機の教官であっ

た西田大尉は、操縦の神様であると同時に、厳格な点においても有名であった。飛行学生で、彼の鉄拳をもらわないものはなかった。関東学院の経済学科出身であり、オリンピックの水泳選手であったこの将校の行動は、公私ともに海軍将校の模範とされていただけに、学生の尊敬を一身に集めていた。

　彼の鉄拳には、私を無駄死にさせまいとする、暖かい心遣いがしみじみとにじみ出ていて、飛行学生時代の教官と学生に還ったような気分を感じた。私は防弾チョッキをつけた。その間に西田大尉は、私の飛行帽と彼の艦内帽とを取り換え、私の頭にかぶせ、その上に鉄帽を載せた。私が駆け出すと、彼は後ろから大声で、

「搭乗員の生きのいいところを見せてやれよ」と怒鳴っていた。

　第七機銃群、それは今田少尉の指揮する機銃陣地だった。二十五ミリ二連装の機関銃五門を持ったこの機銃群は、飛行場を守備する対空陣地の一番低いところにあった。飛行場を狙うにも、対空陣地を攻撃するのにも、この陣地は一番近いところにあった。したがって敵は、この陣地に対してとくに激しい攻撃を続けてきた。しかし、相当の犠牲を出しながらも、今田少尉は、よく奮闘を続けていた。私は敵の襲撃の合間を見て第七機銃群に飛びこんだ。

　そこには惨憺《さんたん》たる光景が現出していた。一つの機銃陣地はロケット弾の直撃を受け、六名の兵員が殺傷され、埋まってしまっていた。他の一つは二連装の機銃が、飴のようにグニャリと

吹流し
地上格納庫
汁七機銃群
飛行場

曲がってしまって、壕のなかや外へ戦死体が転がっていた。他の三つの陣地も相当の被害を出している模様であった。今田少尉は自ら機銃をとって応戦していた。

私は近くにある一つの陣地のなかに入った。壕の階段へ足をかけたとき、私は足をすくわれた。はっとして体をひねったが間に合わなかった。足から先に、横向きのまま壕の一番底まで滑り落ちた。なにか、グニャリとした感じが足や腰に伝わった。ふと見ると、私は二個の死体の上に乗っていた。右の掌にはどす黒い血がベットリと付いていた。

私は上を見上げた。いま、一人の兵隊が、機銃にしがみついて応戦していた。しかし、彼の立っている足場は、血と泥でドロンコになっていた。私は奥の方に入っていった。地下三メートルのこの壕の奥は静かだった。近くの機銃の音がガンガン遠くに聞こえるほかは、なんの物音もしなかった。

奥には弾薬箱が積んであった。その一つを取ろうとして、この暗いなかに人間がいるのに気がついた。人の気配を感じた私は、暗闇のなかをギッとうかがった。目がだんだん馴れてきた。一人の兵隊が弾薬箱の上に腰をかけていた。両手で自分の膝を抱き、膝のなかへ自分の顔を埋めていた。

私は「おい」と声をかけた。

けれども返事がなかった。死んでいるのかなと思い、彼の襟へ手を触れた。暖かかった。なおも声をかけようとしたとき、彼がなにか言ったような気がした。私はそばへ寄って彼の頭の近くに顔を寄せた。そのとき、私の耳に入ったのは、すすり泣きの声であった。それはかすかであったけれども、まさしく泣き声であった。私は妙な気がした。

いま、食うか食われるかの激戦の最中に、いとも悲しそうにしくしくすすり泣いている。平和なものだ、のんきなものだ、と私は思うと同時に腹立たしくなり、彼の足へ手をかけて引っ張ろうとしたとき、私の手に二重になった縄が触った。その縄は泣いている兵隊の両足に食いこむほどしっかり縛り付けてあった。

その瞬間、私は下士官の兵隊に対する制裁の光景が頭に浮かんだ。ひどいことをする。私はそう思って、兵隊の腕を引いた。しかし、腕は持ち上がらなかった。膝を抱いた両手の手首も縄でしっかり結んであった。

私の目は闇に馴れてきた。私は泣いている兵隊の姿になにか割り切れない異常さを感じた。私は彼の首を起こして、その顔を見た。彼の目はものを見る目をしていなかった。どんよりとかすみがかかったような瞳孔をしていた。

私は気味悪くなった。彼は極度の恐怖から発狂したのだった。放っておけば、間違いなく外へ飛び出す。そして、敵弾の餌食になるのがおちだった。その戦友は、彼を生かしておくために、縛り上げて動けぬようにしてしまったのだった。だがようすを見ると、彼を縛り上げた健康な戦友は、大部分戦死したようであり、発狂したこの兵隊は、ほかに体には異常がないようであった。

弾薬箱を抱え、機銃の位置に戻ると、最前の兵隊が盛んに撃ちまくっていたが、私が奥に入っているとき気がついたのであったが、ときどき途切れることがあった。私は六十発入りの弾倉を取り上げると、装塡した。

折から一機のグラマンがほとんど垂直の姿勢で突入してくるのが見えた。銃口はその敵機の方へ向けられた。だが私は少し弾着が外れているような気がしたので、横にいる射手を振り返った。彼はピッタリと機銃を抱え、そして銃身に頭を付けたまま射撃していた。その顔は蒼白であり、筋肉は引きつって、顔中に恐怖の色が漲っていた。彼は敵の飛行機を正視することができなかったのだ。私は彼の肩に手をかけた。彼を銃から引き離し、私が代わろうと思ったのである。

そうしたうちにも、私は敵機から目を離さなかった。

私が「除《の》けー、俺がやる」と、しがみついている彼を引き離そうとしたときである。真横からダイビングしてきた敵機の腹から、黒いゴムまりのようなものが飛び出すのが見えた。

私は本能的に「伏せ」と叫びながら壕のなかに身を伏せた。ピカリ、目の前が一度に光ったと思うと、ダーンと鼓膜《コマク》を破るような音がした。私は飛び起きた。鉄の塊や石ころが鉄帽に当たって、カチンカチンと音を立てた。土砂がぱらぱらと私の肩に降りかかった。

ロケット弾が壕の三メートル横に命中したのだった。いま射撃していた兵隊の姿は見えなかった。機関銃も二連装のうち片方は曲がってしまって使えなくなってしまった。私は単身となった機銃を取り上げた。ハンドルにはベットリと血が付いていた。

気がつくと、壕の外へ倒れていた一人の戦死者の体が、いまの爆撃でどこかへ消えてなくなっていた。私は壕のなかを見た。するとたったいままで撃っていた兵隊が背中を真っ赤に染めて底に横たわっていた。訓練不充分な軍隊はいたずらに犠牲のみ多いという、ドイツのフォン・ゼークト将軍の遺訓をまざまざと思い出させられた。

ハンドルを摑んで、空をにらんだとき、私の方へ向かって突っこんで来る敵機はなかったが、五百メートル東寄りの丘の途中にある陣地が盛んに攻撃を受けていた。私は空を見回した。敵機は前よりも数を増して、約百機のグラマンとシコルスキーが、入り乱れて攻撃を加えていた。

攻撃の焦点は高角砲陣地と機銃陣地とにある模様である。

十メートルほど前にある陣地から今田少尉が盛んに射撃を加えていた。私は機銃のハンドルを摑むとともに、なにか急に心が軽くなったような気がした。いくらでも戦える。私はそう思って、丘の上を狙ってダイビングするグラマンに照準を合わせ、ボタンを押した。全身を揺すぶる反動とともに、私の機銃はガンガンと吼えだした。撃ち始めると、もはや単身であろうと二連装であろうと眼中になかった。私はただ、攻撃する敵機に対して必死の弾丸を浴びせた。それは敵の飛行機というよりも、死者の使いであった。否、死そのものであった。死は空の

下から見たグラマン

四方八方から私たちをその淵に引きずりこもうとして、私たちを狙い、私たちに迫ってくるのである。私は目を力一杯開いた。死の姿をはっきり見つめた。私は襲い来る死そのものに対して、機銃弾を雨のように浴びせた。敵は前から降下してきた。私は腕まくりしてこれに弾丸を浴びせると、真横に向き直って、そちらから攻撃する敵を撃ち、ただちに銃口を真後ろに向け変えて、背後からの敵に応射した。

　敵の必死の銃撃を避けてはならなかった。私もこれに対して、正面切って撃ち返さなければならなかったのである。そうしなければ、私の体に穴が開くのだった。横から、背後からの射撃に対して、気を配ることも忘れてはならなかった。敵のロケット弾は幾つも幾つも私の周辺で炸裂した。そのたびに、壕のなかへ伏せねばならなかったが、砂煙がまだ収まらないうちに、次の敵の攻撃に構えねばならなかった。

　私の神経は麻痺し、思考力は完全に消滅した。私はただ、迫る死に対して機銃を向け、本能的に撃ちまくった。あるときは、前方から降下してくる敵を応射していると、敵は途中で腹を見せて退避した。おかしいなと思って真後ろへ銃口を向けると、背後から敵が突っこんで来ることも何回かあった。

　銃身は焼けただれ、あたりは硝煙で薄暗くなるほどであった。戦いは頂点に達した。急降下する敵と刺し違える覚悟で撃ちまくっていたときである。敵の飛行機がグラグラと左右に翼を振ったと思うと、すーーと一条の煙を吐き出した。
しめた。私がそう思った瞬間、グワンと頭に一撃を食らって壕の底へ叩き落とされた。相撃ちであった。だが、私の方が一秒の何分の一か早かったに違いない。私は目を開いた。染みるような青い空が見えた。私は生きていた。おそるおそる私は頭へ手をやった。鉄帽はなかった。けれども手を見ても血は付いていなかった。私はめまいがしたけれども、銃座に這い上がると、ハンドルを握った。私は自信がついたような気がした。咽喉は焼けつくように渇いたが、疲れは感じなかった。

弾倉を詰めては撃ち、詰めては撃ち、周りは薬莢《ヤッキョウ》で一杯になった。汗は額《ヒタイ》から頬を伝わって流れた。目に入りそうになるたびに、何度も袖で拭わなければならなかった。

三時十分（一五一〇）、敵の攻撃はやんだ。空を見れば、敵は編隊を組まずに、バラバラのまま南の方へ、三々五々引き上げていった。私は壕の底へ突っ伏すと、急に力が抜けて起き上がることができないような気がした。

私は悲しくも、うれしくもなかった。けれどもなぜか、両眼から涙がぽろぽろ流れて頬を伝わるのを感じた。それは全身が火照っている私がびっくりするほど、熱い感じがする涙であった。私は興奮しているのだった。落ち着かなければいけないと、自分自身に言い聞かせた。

けれども私は士官なんて辛いものだと思った。私が涙を流しても、この壕にはその涙を見る兵隊は一人もいやしない。皆眠ってしまっている。けれども、一人でもいたなら、私は涙を流すことができなかったろう。涙などというものは、士官にあるまじきものとされているから。でも、私自身にも分からない涙を、どうして流してはいけないのだろう。私は士官なんてくそ食らえと思った。袖に付いている中尉の袖章なんて、いまの私には無用のものに思われた。

私は無性に腹立たしくなり、わけもわからずに泣きたくなった。涙は私の手の平にぽとぽと落ちた。手は真っ黒く汚れていた。その手を見つめていたとき、私は思い出すともなく最前の発狂した兵隊を思い出した。

瞬間、背筋を冷たいものが走るような気がした。私は飛び起きると、壕の外へ這い出した。折から戦闘指揮所の方で「撃ち方止め、準士官以上集合」のラッパが鳴り渡っていた。

私はすぐ腰から拳銃を抜き取ると、空へ向けて信号弾を撃ち上げた。赤い線が空へ向けてスーーと高く高く伸びていった。これは空中での集合のとき用いられる信号で、古くから使われているものであったが、いまではほとんど空中では使われないものであった。

あたりの硝煙は消えていたが、その惨憺たる光景とともに、火薬の臭いが一面に立ちこめていた。と同時に、静けさのなかに血の臭いが鼻をつきだした。

今田少尉は兵隊を集めると、部下になにか命令を下していたが、終わると壕のなかから自転車を引っ張り出してきた。彼は私の顔を見ると、歯を出してニッと笑った。けれども、彼の目は吊り上がっていたし、顔は真っ黒であった。私は今田少尉の自転車の荷台にまたがった。

けれども、私は頭が痛むのに気がつき、手をやると、鉄帽がないのに気がついた。今田少尉に待ってもらい、自転車から降りて壕のなかを探したけれども壕のなかにはなかった。鉄帽は壕の外の土を盛り上げた裾の方にあった。鉄帽は真ん中より少し端へ寄ったところが凹んでいた。かなり大きな凹みで、少しひさしにひびが入っていた。ちょうど私の右耳の少し上のところだった。顎紐《アゴヒモ》が切れていたので、私はただ頭に載せた。

今田少尉は私の鉄帽を見て、

「危なかったな」といった。

副長および陸戦隊指揮官は、さっそく集まった将校たちに本日の戦闘の経過を作戦の立場より説明し、ただちに人員、兵器、資材の損害を調査報告するよう命じた。終わると、私は陸戦隊指揮官のところへ行き、鉄帽と防弾チョッキを返した。

指揮官は、

「まだ空襲があるかも知れませんよ」

と笑いながら受け取ったが、鉄帽を見て、

「だいぶやりましたな」と言うと、真顔で私を見た。

「そのときはまた拝借にあがります」といって引き返した。


第七機銃群では、埋没した陣地の掘り出しが始まっていた。私もスコップを取って手伝った。掘っているうちに、私はスコップの先になにか当たるような感じがしたので、手で土砂を払いのけた。出てきたのは人間の手であった。

私はその手首を摑むと、力を入れて引っ張った。けれども出てきたのは、手だけだった。私は力余って尻餅をついてしまった。私は驚いてあたりを見回した。周りにいた兵隊は、皆真剣な顔をして私の手に残った腕を見つめていた。私はしてはならないことをしたように思った。死者を粗末に扱う気持ちは、毛頭なかったけれど、激しい戦いで私は無神経になってしまったらしい。そっと腕を地上に置くと、腕の出たあたりを手探りで掘り下げていく兵隊の仕事を黙って見ていた。

六名の死体が掘り出され、続いて他の壕の戦死者も集められた。戦死者は一列に並べられ、生き残った兵隊たちはその前に整列した。全部で十八名、今田少尉の隊は四十名であるから、半分近い犠牲者を出したわけである。

不思議に負傷したものはごく少数であった。戦死者の大部分は、間断なき敵のロケット弾の攻撃による犠牲であった。地上に寝かされた戦死者の多くは、苦しそうな顔もしていなかった。その目をつむった顔は、揺すれば目を開いて起き出すのではないかと思われるほどであった。他の部署からも、戦死体が運ばれてきた。全部で四十名以上であった。

航空隊および陸戦隊の全員が集合した。司令も陸戦隊指揮官もやってきた。戦死者をなかに、全員、コの字型に整列した。一番前に、上田中尉の指揮する衛兵隊が整列した。

「気を付け」のラッパが鳴ると、上田中尉は軍刀を振り上げた。

「さあささげーー銃《ツツ》」

上田中尉の号令は、格納庫に当たって跳ね返り、同時に軍刀は折からの夕日にキラリと光った。

私はこの尊い、あまりにも尊い犠牲者に対して、心から挙手の敬礼を送った。

つい最前まで轟音と爆音の坩堝《ルツボ》と化していた飛行場も、嘘のように静まり返り、撃墜された飛行機のパチパチ燃える音が遠くに聞こえるだけで、かえってそれはあたりを一層静かな雰囲気に包む助けをしているように思われた。

この静かな夕暮れの空気を震わせて、「御魂鎮め」のラッパが寂しくも優しく鳴り響いた。それは、これから永遠の眠りにつく四十余柱の「眠りよ、安かれ」とうたっているような気がした。

けれども、私は感傷的な気持ちにひたることはできなかった。この人たちの運命は遅かれ早かれ、やがては私の通るべき運命であり、それはただ時間の問題にすぎないと思われたからである。

この人たちは、かく盛大な見送りを受ける。しかし、私たち搭乗員は、行く先は空であり、息を引き取るところは誰知らぬ大空の果てであり、体を埋めるところは、見る人とてなき青海原である。人はなによりも大事だと考えることのために生命を投げる。

私たちは祖国のために、愛する故郷のために、喜んで「海行かば水漬く屍《かばね》」と故郷の人たちに見送られて、そして出てきたけれど、弾の雨のなかをくぐってみて、初めて私たちは人間が人間を殺すことがいかに簡単であり、しかもいかに骨の折れることであるかを知った。

それは私たちの人間生活とはなんの関係もないことであり、学問も、芸術も、文化も、すべてのものを否定し、破壊し尽くさなければやまぬ激しさを持つものである。私たちは初めて、砲火の洗礼を受けたとき、いままで私たちの身につけた学問とか、教養とかいったものは、跡形もなく消え失せ、あるのは私という肉体に、食い気と、眠気と、生命を守るという本能だけに左右される、一個の原始的な人間しか残っていないことがわかり、私はみじめな気持ちになったが、これが戦争というものであると、簡単に割り切ったつもりでいたのである。けれども、いまこうしてこの戦死体を見つめたときに、この人たちも戦争という事実のために、これまでのあらゆる生活を断ち切って、そしてここに死に所を求めた結果になったのである。

　けれども、果たして彼らが最善と信じ、喜んで死んだであろうか。死は彼らにとって最善の方法であったろうか。はたまた栄光への道であったろうか。

「立て銃」ラッパが鳴り終わると、上田中尉の声が響き、いままで夕日を受けて、すすきの穂を並べたように光っていた銃剣が一斉に下ろされた。

　戦死者は毛布で覆われ、おのおの担架に乗せられて運ばれていった。今田少尉は私のところにやってきた。そして、無言のまま私の手を握った。彼の目は充血して真っ赤だった。

「大橋、貴様よく助けに来てくれたな。俺はもう完全にいかれたと思ったところへ、おぬしが来てくれたんで助かった」

　私は彼の心情を察し、言うべき言葉が見当たらなかった。部下の半分を失い、終日の戦いに心身ともに消耗している彼が、いまここに並べられた部下を見送り、おそらくは腸もちぎれるほど辛いに違いない。

大酒飲みで、学生時代から規則は破り放題、何度も外出禁止や謹慎を食らい、それでも平然として、しらばくれていた彼、仲間からその風貌《フウボウ》とともに小西郷と呼ばれている、この熊本の快男児の疲れ切った姿を、私は声もなく見つめるほかなかった。

壕のなかからは、最前の発狂した兵隊が連れ出された。彼は運ばれていく戦友の姿を見つめていた。しかし、その目や顔の筋肉には、なんの感情も見えなかった。かれの渋紙色に焼けた顔や、ごつごつした手の指を見ると、前職は百姓であることが一目でわかった。

おそらく彼は、兵隊になるまでは、政治の移り変わりや時代の流れに少しも関することなく、祖先以来ずっと続けてきたであろう畑作りの仕事に、平和な農耕生活を営んで来たものに違いない。それらの過去の生活と切り離され、土とも切り離され、戦争という激動の真っ只中に投げこまれた彼の神経は、耐えきれなくなったのであろう。

置き忘れられた枯木のようにただ突っ立っているその姿を見て、私自身寂しくなるような気がした。

私は私室に引き上げた。今村中尉はいなかった。私は顔を洗うと、軍服に着替えた。飛行靴を脱ぎ、短靴に履き替えると、なんとなく足が軽くなったような感じがした。ガンルームへ行くと、キャップの西小谷中尉が、いつ帰ってきたのか、ガンルームの士官たちに囲まれてなにか話をしていた。私もその仲間に入っていった。

「とにかく、今日の攻撃は手荒かったな。延べ三百機の攻撃を食らっちゃ、このちっぽけな飛行場はひとたまりもないよ。だが、よく頑張ったな。全部で四十五機か、一割以上の撃墜率だな。まず引き分けというところだな。二割墜とさなければ勝ったとは言えないよ」

西小谷中尉はそう言うと、ちょっと声を落とした。

「俺、いまここへ来るとき、通信士の大垣少尉に聞いたんだが、作戦緊急命令が当隊に入ったそうだよ。内容はわからない。俺も聞いてみたんだが、あいつ口が固いからな、しゃべりやせんよ。だが、うちもいよいよこうなったら、特攻隊の編制をしなければならないかも知れない。さっきも飛行長と隊長がそんな話をしていたっけ」

私はみんなの顔を見た。ここに集まった中尉、少尉の士官たちの顔は、少しも普段と変わらなかった。しかし、私はこの話を聞いたときに、いよいよ来るべきものが来たと思うと、心が固く引き締まるような気がした。

こんな気持ちになったのは、私一人だけなのであろうか。みんなの顔にはそうした感情の表れは見られなかった。西小谷中尉は、話の途中で飛行長に呼ばれて出て行った。そのあとでひとしきり、みんなの今日の行動がいろいろ話題に上った。今村中尉は言った。

「西小谷中尉は傑作だぜ。P・ハウスへ行って寝ていたら、ますます空襲が猛烈になる一方なので、心配して隊へ駆けて帰ったそうだが、隊門の入口のところでグラマンに狙われて、頭を抱えて近くの防空壕のなかへ飛びこんだそうだ。そうして、なにも俺一人狙わなくたっていいじゃねえかと言ったそうだ。ちょうどその壕のなかにいた近藤中尉が俺に言ったよ」

みんなくすくす笑い出した。今村中尉は腕に負傷していた。聞けば彼は高角砲陣地へ飛びこんで、

「貴様らの弾はどこへ飛んでいくかわからん。俺にも撃たせろ」

と言って、戦闘が終わるまで頑張っていたという。

そのときの負傷だった。

鳥居塚少尉は、隊の近くにある住み手のない破れ寺の本堂で、一日昼寝をしていたということである。彼の神経の太さには、さすがの士官たちも少々驚かされたようである。私も彼の神経の太さをうらやましいと思った。

西小谷中尉は戻ってくると、一同に士官食堂に集合を命じた。ただし、集合するものは飛行将校だけであった。食堂にはすでに隊長が来ていた。全員席に就くと、西小谷中尉は隊長に報告した。

私は心のなかでなにか重大な命令が出るに違いない、そう思いながら西田隊長の口元を見つめた。隊長は手に持った紙片を一枚ずつ配った。

命令にしてはおかしい。私はそう思いながら隊長の言葉を待った。隊長は一同を見回すと口

を切った。

「いま配った紙に各自の官姓名を書け。書いたら、いいかよく聞け」

隊長はそう言うと、改めて一同を見回した。陽に焼けた黒い顔に、その目は一層ジロリと鋭く映った。

「いますぐにでも特攻隊を志願したいと思う者は、その紙に○を書け。引き続き戦闘機乗りとして働きたい者は、□を書け。どちらでもよい者は、△を書け。二分間の余裕を与える」

　瞬間、室内は水を打ったように静まり返った。各自の心臓の鼓動が聞こえるかと思われるほどであった。ついに来るべきものは来たのだ。私は鉛筆を取り上げ静かに考えたが、いますぐ特攻隊を志願する気になれなかった。

　特攻隊を志願しないことは、悪いことであろうか。もう私には死ぬこと以外に国に尽くす道はないのであろうか。いや、そんなことはない。それは最後の手段だ。私はそう思うと、ためらうことなく□を書いた。

　思えば厳粛にして、しかもあまりにも重大なる一瞬である。二分間の自己の判断によって、人間の生命が左右されてしまうのである。自己の意思ということによって。

　だが、私はどちらにしてもたいした問題ではないと思った。△をつけることは、自己の責任を上長の命令になすりつけるようでいけないと思ったが、○にしろ、□にしろ、生命の長さはたいして変わるものでないと思った。けれども、進んで死を求める必要がどこにあろう。私は死にたくない。ただ戦うだけである。

隊長は解散を命じると、私と西小谷中尉、近藤中尉の三人に司令室にすぐ来るように命じた。司令室は、同時に作戦室を兼ねていた。西小谷中尉、近藤中尉、それから私と、古参順に並んだ。司令も飛行長もいた。司令は老眼鏡をかけて机の上の地図を見ていた。

飛行長は立ち上がると、壁の地図を指した。私たちが飛行長の示す指の先を見つめると、そこは沖縄であった。飛行長は片手で地図を指しながら振り返って、一人一人の顔を見た。そして私たちの方に向き直ると、両手を後ろに回し、天井を見つめながら話をしだした。

「皆も知っているとおり、ここの戦争は非常に重大である。なんとかしてここは守り通さなければならない。しかし、事態は楽観できない。すでに我々の仲間は、刻々この戦場へ突っこんでいる。敵の今日の攻撃も、実はこの我が方の特攻攻撃を牽制せんがための攻撃である。

だが、このくらいの攻撃は序の口である。本日、第五艦隊長官より命令があり、沖縄の上陸地点を夜間攻撃することになった。本隊では、夜間航行の指揮をとれる将校は、お前たち三人だけである。よって、お前たち三人に対して、夜間攻撃ならびに、偵察を命ずる。ただいまより具体的な行動および出発、装備等について打ち合わせをする」

三人は司令の机の周りに集まった。司令の机の上には、地図と電報数通とが置いてあった。第一の電報が取り上げられた。

「一四三〇〔午後二時三十分〕、発信艦所、第二戦隊司令部、指定キン〔作戦緊急電報のこと〕各戦隊司令、本文、敵は麾下各部隊に対し、第五十八機動部隊の全力を挙げて攻撃しあり、各部隊はその全力を挙げて、応戦せよ。ただし、飛行隊は別命あるまで応戦すべからず」

「一五三〇〔午後三時三十分〕、発信艦所、第五航空艦隊司令部、第二戦隊司令、指定ウナ、本文、本日の攻撃による各部隊の戦果および我が方の損害を、一六〇〇〔午後四時〕までに報告すべし」

「一六三〇〔午後四時半〕、発信艦所、連合艦隊司令部、第五航空艦隊司令官宛、指定キン、本文、貴下はその保有する全能力をもって、沖縄における米軍艦船発着所および物資集積所を攻撃すべし。攻撃は二〇〇〇〔午後八時〕以降とし、適時貴下の判断においてなされるべし」

「一六四五〔午後四時四十五分〕、発信艦所、第二戦隊司令部、三一三航空隊司令宛。貴下は第五航空艦隊司令官の命令による作戦行動につき、戦闘機六機よりなる夜間攻撃隊を編制し、第一隊は第一次二〇〇〇攻撃とし、第二隊は第四次攻撃とし、二〇三〇までに目的地に到達するごとく準備すべし」

私たちが一通り見終わるのを待って、飛行長は口を開いた。

「だいたい、こういった電報でわかるとおり、六機を二手に分ける。一隊は大橋中尉、指揮をとれ。他は西小谷中尉、指揮をとれ。近藤中尉は西小谷中尉を補佐せよ。最初の攻撃は我が隊が行う。したがって、第一隊の攻撃は責任が重いし、犠牲は大きいと思わなければならぬ。

第一隊指揮官は大橋中尉、第二隊は西小谷中尉、装備は爆装〔爆弾を積むこと〕二十五番〔二百五十キロ〕二発、機銃は各銃百二十発、燃料満載、ほかに増槽〔ガソリンタンクのこと〕一個搭載。

なお、各隊の編制は各指揮官これを定め、三十分以内に提出すべし。第一隊の出発予定時は一八三〇〔午後六時三十分〕。第二隊は一九〇〇〔午後七時〕、以上」

これだけ言い終わると、飛行長は私たちの顔をかわるがわる見ながら、

「意見はないか。実は単座戦闘機〔小型の一人乗り戦闘機のこと。操縦も射撃も一人でやる〕の長距離夜間攻撃は前代未聞だと、五航艦のやつらに言ってやったら、折り返し返事があって、心配するな、貴下部隊には単座の夜間特別訓練を受けた将校が生き残っているはず。

キン、一六三〇号による『保有する全能力』とは、それを指す、と言ってきた。隊長に聞いたら、まだ貴様たちがうろうろしているということなので、早速行ってもらうことにした。地上で戦っているよりいいだろう。どうだ、大橋中尉」

私はいきなり自分の名前を出されて、驚いて隊長の顔を見ると、隊長は意味ありげに、ニヤリと笑いながら、そっぽを向いた。

私は、機銃弾は二十ミリが百二十発、十三ミリが二百四十発、七・七ミリが三百六十発が適

当と思う。なぜならば、夜間攻撃は目標が明瞭でないから、多量の弾丸を散布する必要があること。すなわち、確率銃撃が必要であると意見を具申したところ、飛行長は欲張って目標まで到達せんうちに機位不明でおろくぢ〔土左衛門のこと。御六字の名号、すなわち、南無阿弥陀仏より由来していると思われる〕にならんように気をつけろ。今日、誘導機はつかないことになっているからな、と言った。

西小谷中尉は、照明弾を携行することを主張し、結局二人の主張は容れられた。打ち合わせが終わると、私たちは司令に敬礼した。司令は腰掛けから少し腰を浮かすと、ご苦労と言って軽く会釈した。

私たちがガンルームに帰ると、士官たちが待ち受けていた。彼らは私たちの顔を見ると、なんだ、なんだと言いながら寄ってきた。

事の次第を聞かされると、彼らは「畜生、うまくやったな」と言ってうらやんでいた。私はすぐ中村二等兵曹と秋山上等兵曹を呼んだ。二人とも予科練出身の飛行兵である。この二人は、私が昨年、秋も暮れるころ、当隊に赴任して以来、とくに夜間航行のための訓練を指導した部下だった。

この二人の純真な搭乗員は、私の無理な訓練に必死になってくっついてきた。ときには、私に不忠者とののしられ、大馬鹿者と怒鳴られながら、目に涙をためて、必死になって訓練を受けてきた。

単座の夜間訓練は、そのたびに必死になってやらねば危ない。死と生とは常に紙一重の訓練である。私は多くの下士官搭乗員のなかから、とくにこの二人の才能と人物を認め、昼の訓練

階級比較

海軍	陸軍
二等水兵	二等兵
一〃	一〃
兵長	兵長
二等兵曹	伍長
一〃	軍曹
上〃	曹長
兵曹長	准尉

や戦闘のあと、無理して夜間訓練を強行してきたのである。中村二等兵曹はそのとき、数えの十九歳、秋山上等兵曹は二十三歳で、私より二歳年長であった。

二人は私より任務の内容を聞くと、陽に焼けた顔をほころばせて喜んだ。飛ぶこともできず、頭からがんがん銃撃、爆撃される一方では、まったく気が滅入ってしまうのは、私も彼らも同じであったのだ。

私は、すぐ編制表を作ると、西小谷中尉に手渡した。

私は私室に帰った。部屋には今村中尉がいた。彼は昼間と同じように、シャツ一枚でベッドに横になっていたが、煙草は吸っていなかった。彼は本を読んでいた。それは文庫本であった。私が近寄って表紙を見ると、『脂肪の塊』〔モーパッサンの厭戦的な短篇〕と書いてあった。私はこいつめなかなか味な人間だなと思った。彼の腕に巻いた包帯は、目にしみるように白かった。

私は飛行服に着替えると、マフラーを取り換えた。今までのは少し汚れていたので、綺麗なものと取り換えた。広幅二尺〔約七十二センチ〕、長さ八尺〔約三百二センチ〕のこの絹のマフラーは、母が送ってくれたものだった。初めは紫色だった。桔梗《キキョウ》のような薄紫であったが、上官で紫色を使うものがいたので、隊長の命によりピンクに変えたのだった。私は初めこの色が嫌いだった。今村中尉の黄色のマフラーとともに随分目立ったらしい。

戦友はよく私に、

「おい、そのマフラー色気があってよいのう」
「おい、今夜俺とアベックしよう、ただし、そのマフラーを巻いてこいよ」
などと盛んにからかわれたものだった。

私はマフラーを首に巻き付け、裾を二尺ほど残してネクタイ結びに締めると、ツーピースの飛行服の上衣のボタンを掛けた。マフラーの裾はつまんで上衣のなかへ押しこめた。

私はそのとき、マフラーになにか書いてあるような気がした。裾を引っ張り出して広げてみた。いままで全然気がつかなかったことであったが、一番裾の端のところに赤い糸で「幸福を祈ります」と縫いつけてあった。

誰が書いたか、私には考えてみるまでもなくわかることである。けれども、私は幸福という文字を見たとき、なにか珍しいものか、まったく長らく忘れていたものを発見したような気がした。幸福？　それは軍隊に入って以来、まったく忘れていた言葉であった。

幸福！　私は心のなかで繰り返してみた。しかし、軍隊生活のどこに幸福があろう。幸福を感ずるものがあるとすれば、満腹したときか、ゆっくり休養するときくらいのものであろう。果たしてそれが幸福であろうか。

初めて海兵団に入団したとき、私は希望に胸をふくらましていた。しかし、それは数日にして粉砕されてしまった。私は軍隊に入るべきではなかったと思うようになった。手当たり次第に兵隊を殴りつけるニヒリスティックな下士官、倒れた兵隊を靴で蹴りつけ、ニヤニヤするサディスティックな下級将校のみじめな姿を、いやというほど見せつけられた。

私は、夕方、兵舎の近くの道路を、家路に急ぐ勤め人たちや、走るバスなどを窓から眺めては、いままでの私の生活がいかに幸福なものであったかをしみじみと感じ、もう二度とあのような平和な生活を味わえぬかと思うと、塀一つ離れた外の世界がまったく幸福な園のように思え、毎日のように家を思い、兄弟を想っては涙を流したのであった。

けれども、私は生き抜かねばならなかった。将校試験にパスし、基礎教育から練習機へ、練習機から練習戦闘機、さらに実戦用戦闘機と教程が進むにしたがって、訓練はきつくなり、殴られる回数も多くなった。しかし、私は厳しくされればされるだけ、涙は乾いていった。

そして、全国の航空隊を三、四ヵ月ごとに巡り歩くドサ回りの旅役者のような生活は、故郷を想っては涙を流した私という人間を、いつの間にか、故郷を忘れたボヘミアンな人間にしてしまっていた。幸福！　それはいまの私には縁のないものだった。私には、国のために死ぬことは幸福に思います、とはどうしても空々しくて言えない気がするのだった。国のために戦うことは、たとえ幸福に感じられる人があっても、死ぬことが幸福であろうか？

私は飛行靴を履くと、鏡の前に立った。髪の毛を伸ばすことは、海軍戦闘機隊の伝統であった。私は頭に櫛を当てた。見るともなしに鏡に映った私の顔は、陽に焼けて黒かった。

ふと、二、三日前、年取った補充兵から、

「お子さん、何人おありですか」

と聞かれたのを思い出した。

「幾つに見える」と私が言うと、

「三十歳くらいでしょう」と言われて苦笑した。

戦争とは人を殺すもの。殺さなくとも、老けさせるもの。そんな気がした。

私が支度を終え、部屋を出ようとすると、

「ちょっと待て」いままで本を読んでいた今村中尉が私を呼び止めた。

私が振り返ると、

「この野郎、死出の旅に出るときは、挨拶くらいして行くものだ。お先へ、くらいのことは言って行け」

今村中尉は寝たまま頭だけもたげて、私を見ながら言った。その目は笑っていた。

「なんだ貴様、知っていたのか」と私が聞き返すと、

「俺はつんぼぢゃないよ」そう言うと彼は外を指した。外では飛行機を整備するエンジンの爆音が空気を震わせていた。

「勇将は轡《クツワ》の音に目を醒《サ》まし、貧乏人は米の音に目を醒ますか。ぢゃお先へ、万一のことがあ

ったら、遺品整理頼む。なんにもないがな」

私は言いながら部屋を出た。

私は急いで夕食を済ますと、死体安置室へ行った。納屋を改造したものである。私が当隊へ来た当時、なにかの用でこの納屋へ入ったとき、箒や雑巾、草刈り鎌などと一緒に真新しい棺桶や骨壷などが、使用される順番を待つかのように並んでいるのを見て、胸くそが悪くなったことがあった。

いまはそれを改造して死体安置室になっていた。なかには四十八個の死体が安置してあり、入口からとっつきのところに机を置いて、その上に線香が立っていた。

私はそのなかを探し回り、井上兵長と書いてあるのを見つけてその前に立った。枕元には二人の兵隊が坐っていた。一人は私も顔を見知っている土屋兵長であった。私は腰をかがめて、毛布をめくった。彼の顔には、私が最前、外で見送った多くの戦死者と同じように、少しも苦痛の色が見えなかったので、安心したような気分がした。

彼は少なくも私が知っている限りでは、有能な頼もしい兵隊の一人であった。枕元には、手帳と写真が置いてあった。

「ポケットのなかに入っていたんです」

私が手帳を手に取ると、土屋兵長は問うまでもなく説明した。手帳のなかには、いろいろ書きこまれてあった。金銭の収支、毎日の食事のお菜、流行歌などが細かい字でぎっしり書きこんであった。軍務に関することは、なにひとつ書いてなかった。だんだん頁をめくっていくと、私は意外な歌が書きこんであるのが目についた。

手帳はその歌が最後に書いたものらしく、あとは余白になっていた。私はその歌を読んでいくうちに、兵長の気持ちがわかるような気がした。

春の小川はさらさら流る
岸のすみれやれんげの花に
匂《ニホ》ひめでたく色美しく
咲けよ咲けよとささやく如く

私は写真を取り上げた。入隊前のものらしく、鳥打ち帽をかぶり、蝶《チヨウ》ネクタイに縞の背広という粋な姿で映っていた。その隣には、十八、九才くらいのパーマをかけた娘が並んでいた。およそ、いまの彼とは似つかない姿だった。

私が見ていると、土屋兵長が説明した。

「彼は神戸にいたんです。与太者でした。喧嘩して相手を切ったため、サツ〔警察のこと〕に挙げられたんですが、軍隊に入って一生懸命働くからという条件で、ブタ箱から出してもらったんです。隣にいるのはスケ〔別名情婦〕です。このアマは、相当のすれっからしなんですが、この野郎に夢中なんです。かわいそうに」

こう言うと彼は、腰を上げて写真を覗きこんだ。

「生まれは彦根だと聞いたが」と言うと、

「いや、彦根の近くで、ほんとは長浜なんです。十六のときに家を飛び出してきて、私らの仲間に入りましたが、生まれつき度胸がいい野郎で、たちまち兄貴分になってしまいましたが、海軍へ入ってから、とくに基地勤務になってからすっかり人間が変わってしまいました」

私は写真を元のところへしまった。私は井上兵長がどんな事情があって家を飛び出し、与太者の群れに身を投じたか、事情は知らない。私が知っているのは、最近の彼だけである。けれども、彼が過去にどんな境遇に身をおいたとしても、その手帳に書いてある歌で、彼がどんな心の持ち主であるか、私にはわかったような気がした。

彼も人の子、弾の嵐のなかに身を置いても、激しい軍務のなかにあっても、彼の心には故郷があったのだ。

彼の努力とネバリと、そして聡明さの奥には、故郷に対する、または自分のゆりかごに対する、強い思慕の念が秘められていたのだ。なにが彼をそうさせたのか、私にはわからない。おそらくそれは祖国愛ではなかろうか。彼は与太者の群れに入っていても、本来の純真さを失わなかったのだ。それが戦争という激動の真っ只中に投げ出されて、光を出し始めたものに違いない。

　私は故郷のためにと軍隊に入り、そして故郷を忘れかけ、戦争をしながらも、人を殺す戦いに疑問を持ちかけている。私は彼とは反対である。私はどちらがよいか、わからなかった。これを解決しうるは、ときを待つよりほかはない。

　私は最敬礼をすると、心から井上兵長に済まなかった、あんたを死なしたのは俺だ。私は悔ゆる気持ちでいっぱいだった。

　外は、夕日が山の端に隠れたけれど、あたりはまだ明るかった。私は戦闘指揮所の前に立った。そこには飛行場整備主任の倉橋兵曹長がいた。私の姿を見ると、近寄ってきて敬礼した。

「飛行場の整備完了いたしました」

　私はその報告を聞いて驚いた。随分早いものだ。けれども聞けば炊事兵まで動員して、必死の応急修理をしたということであった。

「やつらはすっかり滑走路を掘り起こしてしまいましてね」

飛行場の方を見ると、はるか彼方の滑走路の方に、まだ相当数の兵員が働いていた。夜設の準備でもしているのか、カンテラを持った姿も見受けられた。

私は格納庫の方へ行った。昼間、私たちが死と闘った第三格納庫の前には、ズラリと六機並んでいた。私のは前列の真ん中にあった。整備員たちは飛行機の下にもぐりこんで爆装をして

いた。私が近寄ると、機の陰から川守田中尉が現われた。

「大橋よ、貴様の羅針儀、誤差修正しておいたからな。そのまま使えるぞ。それからと、そのほか異状なし」そう言うと彼は、隣の飛行機の方へ歩いていった。

私は彼の背中に「ありがとう」と、親しい仲間がやるように、とうの語に抑揚をつけて浴びせると、座席にもぐりこんだ。

機付きの斉藤兵長が、風防ガラスを丹念に磨いていた。私は羅針盤を見た。頼むところはこのコンパス〔羅針盤〕一つである。コンパスの誤差修正は、飛行機を地上で三百六十度回転させ、十五度ごとに、機上のコンパスの方位と、標準コンパスの真方位とを記録し、その結果出た各方位の誤差を総合計算して、平均誤差を算出し、コンパスを修正するのであって、随分細かい厄介な仕事であった。

飛行学生時代、私たちはこれができるようになるまで、何度殴られたかわからなかった。川守田はこの方面は得意であった。私たちがいつも修正し直しているころ、彼は終わって涼しい顔をしていた。

もし一度、いな一分でも狂っていたら、今夜は帰れなくなる。昼間は三分以内の誤差は許容範囲に入っていた。それは、そのくらいなら帰るところが見えるからである。しかし、今夜は飛行場の真上にドンピシャリと帰ってこなければならない。私は川守田の修正なら安心だと思っていた。

自動車のエンヂンの音が聞こえてきた。振り返ると、ガソリン・カーが燃料を翼のタンクのなかに積みこんでいた。翼の上には飛行服を着た男が立っていた。見ると中村兵曹であった。彼は蛇口を押さえていた。

「ヨーソロ」

彼の声が響き、勢い余って燃料がザーと取り入れ口からこぼれる音が聞こえた。下の方で、もったいないという声がした。整備分隊士、手塚中尉だった。彼は燃料補給も掌握していた。「搭乗員は燃料のありがたさを一体知っているかね」と言うのが、彼の口癖であった。彼は私たちより二期先輩であった。

下から声がした。

「大橋中尉、ボタンを押してみてください」

誰の声だかわからなかったが、操縦桿の横に取り付けてあるボタンを押した。下から

「離してください」

「押してください」

と言われるままに、ボタンを押したり離したりしているうちに、

「作動よろしい、爆装」と言う声が聞こえた。川島兵曹の声だった。彼は私の機付きの長であ

った。私は座席から飛び降りると、二百五十キロの二個の爆弾が両翼の下に取り付けられるのを見つめた。村井兵曹が私の前に立った。彼は私の前に立つと、

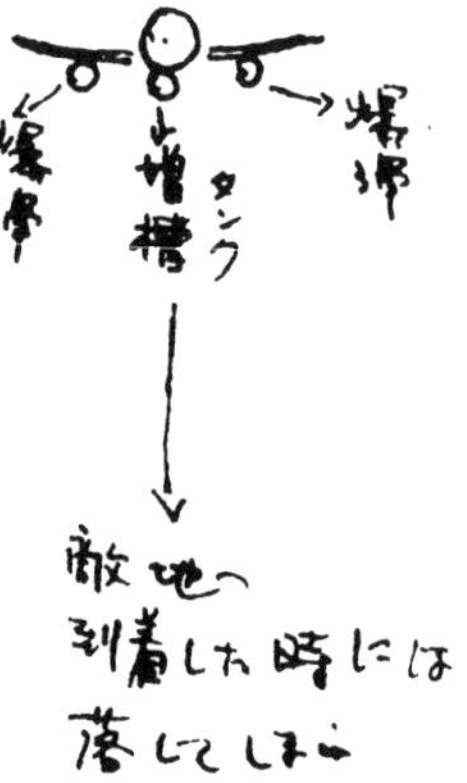

「機銃整備よろしい」と報告した。

彼の顔には親しみがこもっていた。おそらく、こんな緊張した場所でなかったら、彼は私に笑いかけたに違いない。軍隊というものは、広いようで狭いものである。私がまだ学生だったころ、彼は私たちに機銃の構造、分解、組立等を東北訛りで訥々《とつとつ》と説明してくれたのだった。彼はそのとき兵長だった。彼は、親しめる男だった。福島県二本松の生まれだという彼は、関東で育ったという私を懐かしがった。私が分解組立をやっていると、そばに寄ってきて、「大橋学生、ここんとこはこういうふうに」とか、「こうするとすぐ外れます」とか、懇切に

指導してくれたものだった。

階級の相違は、軍隊では絶対的なものであるため、容易に二人の間は近づけなかったが、日曜日で外出したとき、彼ははるばる面会に来た許婚者を私に紹介したことがあった。そのとき、彼は恥ずかしそうに顔を赤らめていたのが、つい昨日のように思われた。

あたりは暗くなってきた。村井兵曹は、

「しっかりやってください」と言うと、駆け去った。

私は急いで作戦室に入った。そこには、飛行長と西小谷中尉がいた。私は二人に目礼すると、机の上にある地図に基地から目的地まで定規で線を引いた。

コンパスを百五十節《ノット》の幅に広げ、地図の上の線を切っていくと、ちょうど一時間三十分の地点にあるのが、沖縄の首里市〔一九五四年那覇市に編入されるまでは、別の市だった〕であった。夜、暗闇を飛ぶ身に地図は不必要である。私は白紙を広げると、その上に基地から首里まで線を引き、羅針盤方位と、飛行機の速度を記入し、十五分ごとに線の上に目印を付けた。

壁には本日の風向、風速、サウスイースト、三メートルと書いてある黒板が下がっていた。それを写すと、小型図盤〔チャートという〕に差しこみ、輪ゴムでズボンの膝の上のところに結びつけた。

私は潮汐表を広げ、月齢を調べた。月は七日だった。月の出は八時五十分、月の入りは翌朝、五時四十分。私はこれを忘れないように、腰掛けに坐って膝の上の図面に書きこんだ。

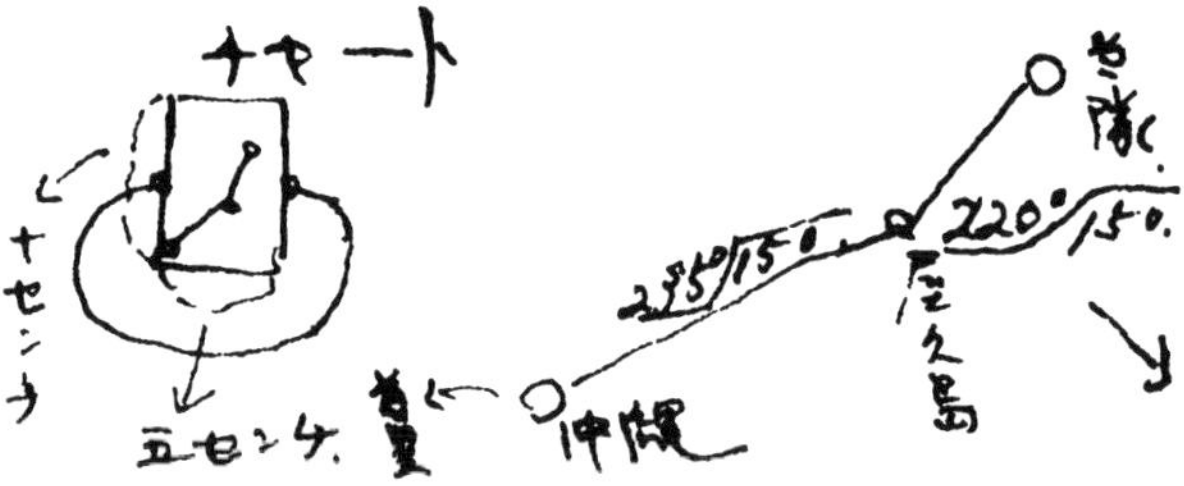

十センチ
五センチ
仲間
235°/150
屋久島
220°/150

天体表を見ると、六時から九時までの北極星と北斗七星の相互位置を調べ、白紙に時間ごとの位置を赤と青の鉛筆で天文略図のなかに記入した。大熊座、小熊座、金星、火星の位置をも記入した。

夜間航行に星を本格的に利用しようとしたのはおそらく、海軍では私たちが初めてではなかろうか。単座戦闘機の夜間長距離航行は、無電を使えない戦時中では、刻々にその表情を変える星に頼ることもまた大切だったのである。私は天文図を書き終えると図盤に貼付し、紐を首にかけて胸のところへブラ下げた。飛行長は私の姿を見て、乞食の引っ越しだと言って笑った。天気図を見ると、シベリヤの高気圧が張り出し、西高東低の冬型の気象配置であり、本土太平洋岸は晴天であることが一目でわかった。

私は飛行長に、

「今時分、冬型の気象ですと、これも冬の名残りですね。明日あたりから、崩れてくると思いますが」

と言うと、飛行長はうなずきながら、

「だが君は、明日のことは心配しなくてもよいようになるかも知れんぞ」

私はなるほどそうかも知れないと思った。西小谷中尉は書き物をしていたが、私の顔を見ると、いたずらっ子のように首を縮めて笑った。

時計を見ると、六時ちょうど。私は作戦室を出た。部屋を出ると、外に島田中尉と鬼頭中尉が立っていた。島田中尉は私の顔を見ると、いきなり、

「おぬしも、よう、こき使われる男やなあ。気の毒ぢゃけん。だがこれも一徳だぞ」と、そのくせあまり気の毒そうな顔もしないで、熊本弁丸出しで言うと、手を差し出した。その手を見ると、ウイスキーの小瓶があった。

「これ持ってけ。ぬしゃ酒好きぢゃけん」

私はそれを受け取ると、膝の下のポケットにしまいこんだが、自分は酒を好かないような顔をしているのがおかしかった。彼は私より大酒飲みだったのである。

鬼頭中尉は黙って私の肩に手を置くと一緒に歩き出した。彼は音楽学校のピアノ科の鬼才であった。私は二人と一緒に外へ出た。

私たちは飛行機のそばへ来た。川島兵曹は私の前へ来ると、整備完了と報告した。私は二人の部下を集めた。そして言った。

「いいか、三人が別々の飛行機に乗っていると思ってはいかん。三人で一つの飛行機を操縦しているつもりでやれ。絶対に離れてはならない。射撃するのも一緒、爆撃するのも一緒、死ぬのも一緒だ。編隊の距離は一機長半。目的地に到着したら、でき得る限り縮める。要するに、普段の訓練のままでよろしい」

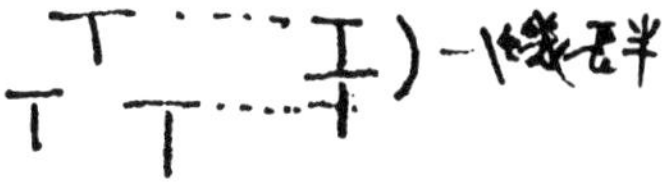

二人は怒ったような顔をして私の話を聞いていた。明らかに二人は緊張していた。私は二人にチャートの進路を書き取らせておいた。

そこへ鳥居塚少尉がやって来た。

「大橋中尉、おろくぢになるなよ。海の水は冷たいからな。風邪を引く」

どっと笑い声が起こった。上野の美術学校の絵描きさんは、なかなか剽軽《ヒョウキン》であった。学生時代、動物園で猿にいたずらして園丁に動物園のなかを追い回され、象の檻《オリ》のなかへ飛びこみたくなるほど、檻の動物がうらやましくなったという男である。

搭乗員集合の号令が下った。私たちは整列した。もうあたりはまったく暗かった。弾薬箱を台にして、その上に西田隊長が上がった。西小谷中尉は私たちに、「気を付け」の号令をかけると、隊長に向かって、「よろしい」と報告した。

隊長は右手を挙げ、いつものように無造作に答礼すると、

「いまさら別に言うことはない。ただ奮闘を祈るだけである」

と言うと、壇を降りた。続いて飛行長が壇に上がった。

「お前たちは帝国海軍にとって、貴重な存在である。いままで、鷲ではなくて鳩だの、にはとりだのと、悪口を言っていたが、お前たちの技量は世界一だと思ってよろしい。皆、昼間、グラマンの攻撃ぶりをいやというほど見せつけられていたが、あれ以上の猛烈な攻撃を、しかも夜間、単座戦闘機でやってくれることを期待する。他の搭乗員は、夜間の離着陸ぶりをよく参考に見ておくように。終わり」

荒木司令は老眼鏡を外すと、飛行長になにか二言、三言いいながら壇上に立った。私たちはギットこのデップリ太った、重役タイプの司令を見つめた。

「ただいま艦隊長官より、天佑を信じ、全軍突撃せよ、という電報が入った。諸氏の攻撃は、かねて計画されていた天一号作戦の皮切りである。健闘を祈る。ごきげんよう」

私たちは聞きながらアッと思った。天一号作戦、それは帝国海軍の残存部隊を集めた起死回

艦隊長官
聯合艦隊司令長官・海軍大将
豊田副武

生の大作戦である。この作戦で、戦艦大和も特攻艦となって出撃することを聞いていたのだ。私は体中が引き締まるような気がした。それは長期間にわたる作戦行動であった。私たちはその皮切りとなったわけである。

遠くの兵舎から、あたりの静かな空気を破ってスピーカーの声が流れてきた。

「攻撃隊発進十五分前、手空き総員見送りの位置に着け」

私は煙草を吹かした。暗闇で吸う煙草は、煙も見えずおいしくもなかった。けれども、気持ちが落ち着くような気がした。空は一片の雲もなく、無数の星が輝いていた。これから、あの暗黒の世界に飛びこんでいくのだと思うと、さすがに心細くなった。私は煙草を捨てると、飛行機に向かって歩き出した。

「しっかりやれ――」

「頑張れ――」

と後ろから士官たちや部下の仲間たちから盛んに声が上がった。

瞬間、私は軍隊へ入る前、学校で柔道の選手をしていたとき、対校試合に出発する光景を思い出した。しかし、事態は比較にならぬほど深刻である。私は一歩一歩芝生を踏みしめた。

夜風は身に沁みて冷たかった。私は心から、見送りの人々に別れを告げた。

私は気がつくと、腰から拳銃をケースごと外した。かたわらにいた斉藤兵長に、

「これを今村中尉に渡してくれ。もし俺が帰らなかったら、今村中尉に進呈するからと言っていたと伝えてもらいたい」

彼は拳銃を受け取ると、敬礼して立ち去った。私は鉄製の拳銃を持ちこんで、コンパスの針が少しでも振れるようなことがあってはならないと思ったのだ。

私は飛行機の周りを一回りした。飛行機は闇のなかに、翼をピンと張って、大空の一角をにらんでいるように見えた。私は座席に入った。瞬間、一斉に歓声が上がった。私はバンドを締めると、右を見、左を見た。二人とも座席に就いて私を見つめていた。

私は右手を挙げると、エンジンのスイッチを入れた。ブルン、ブルンと音を立てたと思うと、たちまち、轟々と音を立ててエンジンは回り始めた。私は耳を傾けて音を聞いた。その音は少しも変わらなかった。唄をうたうような、なにか音楽を奏でるような旋律が、私の耳のなかに

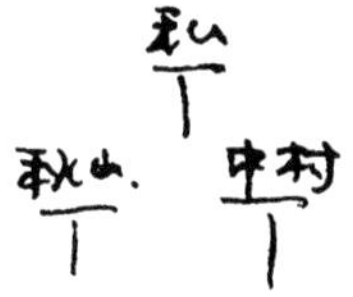

流れ出した。私は二番機を振り返り、三番機を振り返った。二人とも熱心に座席のゲージを見つめている。私はマイクのソケットを差しこんだ。

「二番機、聞こえるか」

「聞こえます」

「三番機、聞こえるか」

「聞こえます」

「時計を正合する。ただいま十八時二十六分、二分以内に点検を済ませ」

私はマフラーで鼻の上まで覆い、手袋をはめて、眼鏡をかけた。二分はすぐ経った。

「出発する。離陸は編隊離陸。ただいまより、離陸地点に向かう」

私は両手を頭の高さまで挙げると、サッと両横に開いた。いままで、翼の端でヂットこちらを見ていた二つの影は、翼の下に駆けこむと、車輪止め〔チョーク〕を外して飛び退いた。暗闇のなかを見つめると、前方に離陸地点を示す火がチラチラと燃えていた。私はスロットルを静かに押した。

機は静かにそろそろと、それこそ箱入り娘が座敷をスリ足で歩くように、滑走し始めた。行足はだんだんついてくる。そして次第に速くなった。しかし、地上滑走では、人間が駆けるくらいしかスピードは出さない。私はスロットルを左手で調節し、右手で操縦桿を握り、両足でフットバーを踏みながら、離陸地点に達すると、ピタリと機首を離陸目標灯に向けた。

飛行場の端にチロチロと燃えている離陸目標灯は、私たちのこれからの行く手を暗示しているような気がした。私は二番機を見、三番機を見た。二人はヂイットとこちらを見つめていた。二人ともマフラーを鼻の上まであげ、飛行眼鏡をかけていた。眼鏡は室内灯の光を受けて、ちょうど蛙《カエル》がぢっと目をこちらへ向けているような感じだった。

見送りの位置では、古い海軍の伝統に従って、おそらく司令以下総員が私たち三人に敬礼を送っているに違いない。

「離陸」

私はスロットルを徐々に前に押した。機は滑り出した。静かに、そしてだんだん速く、エンヂンの音は猛然と猛り狂ったように吼え始めた。機はぐんぐんスピードを出してきた。

私は飛行長の「総員帽を振れ」という号令とともに、私たちに対して全員帽を振って見送っ

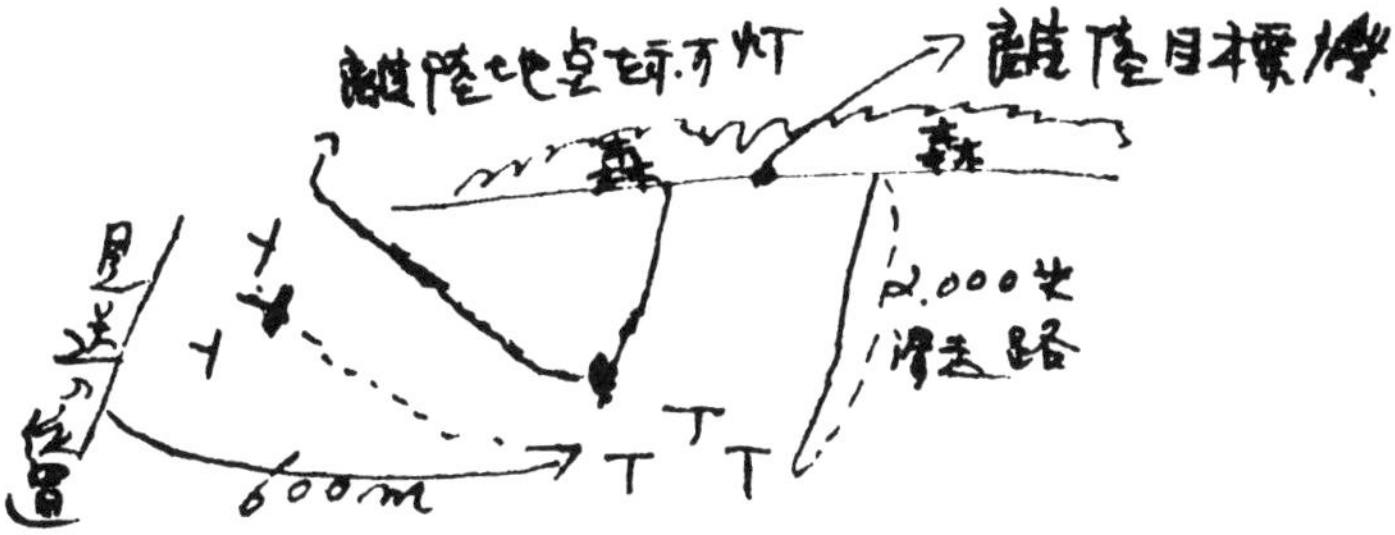
離陸地点標示灯
離陸目標燈
森
森
見送の位置
600m
2.000米
滑走路

車輪止め

ている姿を頭に描き、目には見えぬが、その方向に対して手を振って挨拶した。暗闇のなかを滑走路がぐんぐん後ろに走っていく。冷たい風が風防のなかまで入ってきた。腰が軽く浮いたように思った。私は静かに操縦桿を引いた。フワリと機体が浮いた。私は引き込み脚のハンドルを引いた。赤ランプが消えて、脚が引っこんだ。

急にスピードがついたような気がした。下を見ると、離陸目標灯が矢のように走り去るのが見られた。左右を見ると、二番機、三番機がピッタリ、寄り添うようにくっついていた。二人は私の方を見つめたままだった。私は風防ガラスを閉めると、眼鏡を帽子の上にはね上げた。急に孤独感が私を襲った。

これは、いままでの夜間飛行でたびたび味わったことであるけれども、今夜はとくに、初めて夜間単独をやったよりも強く感じた。私は飛行場上空を一回りすると、編隊灯をつけたまま、その真上を通過した。コンパスは二百三十度を示していた。下を見ると、目標灯は全部消され、真の暗闇でなにも見えなかった。

私は座席に首を突っこんだ。高度二百メートル、速力百五十節《ノット》、進行方向二百三十度、機首はアップの二度、高度はグングン上がっていく。エンジン回転、千八百回転、油圧計、温度計、その他無数に並んでいるゲージ類は、いずれも異状なく、正規の位置を指していた。やがて、高度三千メートル、私は座席から首を上げた。

私は上を見上げた。空には無数の星がまたたいていた。金星は一等星の名に恥ぢず断然光っていた。頭の右の方には北斗七星がある。後ろを見ると、北極星が独りぼっちで輝いていた。私は北極星の方を見ながら、今夜私を導いてくれる、この夜の女神に手を合わせたいような気持ちになった。

「お前が輝いている限り、私が生きている限り、私はお前を頼りに飛び続けていく。どうか私を守ってくれ」

私は心のなかで独り言をいった。私は砂をまき散らしたような多くの星を見た。私は星が好きだった。私は星の光に何十億年という過去を見ることができた。そして星の運動にまた、何十億年という遠い未来を見ることもできるのだ。

私は機を傾けて、下の後ろの方を見た。しかし、人間世界のすべてのものは闇のなかに溶け去り、飛行場もなにも見えなかった。下ではまだ私たちの姿を排気ガスの青白い光を頼りに見つめているはずである。けれども私にとっては、永遠の過去のなかに葬り去られていくように思えてならないのである。それは、見送る方、見送られる方、両方で感ずることをいま初めて知ったのである。

私はいままで数多くの攻撃隊を夜間、何度も見送った。真っ暗闇の真夜中、隊員の一部の人以外は、誰にも知られず、お互いに見えもせず、姿さえわからないなかを、見送る方は爆音と排気ガスの青白い光を頼りに、見送られる方は見送る姿を頭に描きつつ手を振って、秘かに人間世界と別れを告げていった人たち。

そのなかには再び帰らない人の方が多かったけれど、そういう姿を見送るとき、私にはその人たちが永遠の未来のなかに吸いこまれ、消えていくような気がしてならなかった。いま振り返って暗闇のなかを見つめたとき、私の過去すべてが闇のなかに消え去っていくような気がした。

私は偏流を計り、横風に対する修正を行わなければならなかった。風防ガラスの中央正面には、夜光塗料で長さ十センチの線が五センチおきに三本引いてあった。私のその真ん中の線の上に、正面にある星をのせた。気を静め、手足の力を抜き、操縦桿はニュートラル〔中立〕の位置におき、フットバー〔方向蛇〕にかけた両足を中正の位置においたまま、ヂイット星を見つめた。少しでも機首を振ってはならなかった。無念無想というか、全くの無我の境地である。

星は私にものを言うように、静かに、目立たぬくらいの速さで、左の方に寄ると、左の線の上で、私のいるところはここだと言わんばかりにピタリと止まった。

「偏流右七度、羅針儀の修正進路二百二十三度」

「ヨーソロ」二人から同時に返事があった。

しかし、さらに正確を期さなければならない。

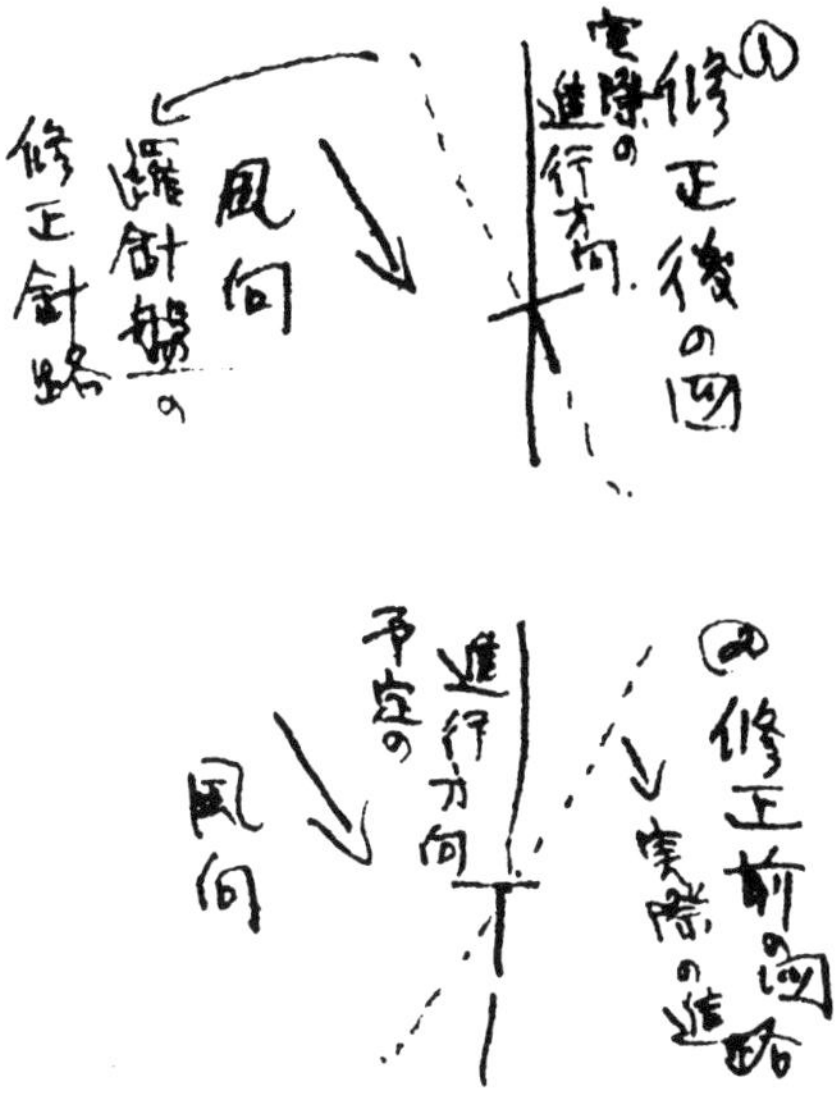

「高度を下げる」高度計がグルグル左に回り始めた。

「ヨーソロ」

高度計は五百メートルで止まった。

「発煙筒を投下する。ヨーイ、テーー」

後ろを振り返ると、煙は見えないが、三つの灯りが海の水に揺られて、たゆたうように光芒を放っていた。私はコンパスを見つめ三百六十度旋回し、さらに地球磁力の影響による北旋誤差を考慮に入れて、さらに三度四十分よけいに回った。

私は三本の真ん中の線の上に一つの星をとらえてのせた。糸のような細い線の上に星をのせ、

いかなる気流の変化も、いかなる事情にあるも、機体を動揺させて、これを外してはならない。

私は全身の神経を手と足に集めた。三つの光芒は、不知火のように、また漁火《イサリビ》のように、暗黒の海のなかに、チロチロたゆたい、三本の線の間を静かに下がり始めた。私は線の間を流れる火の角度を目測した。星は線の上にピッタリのったまま動かない。灯りは私の眼底に三条の線を引いて流れ、その流れはしだいに速くなり、そしてスーと機の下へ隠れた。角度は三度、

私はさらに機首を三度左へ振らねばならぬ。

「偏流さらに三度修正、進行方向、羅針盤示度二百二十度」

私たちはさらに引き返し、もう一度、二百二十度の針路で偏流を測定した。今度は三つの光は、線と平行に真っ直ぐ流れた。横風の測定に成功したわけである。

私はすぐ首にかけた計算器を取り上げた。右手は操縦桿から離すわけにはいかない。左手のスロットルも絶えず調節していなければならない。私はオタマジャクシと言われているこの小

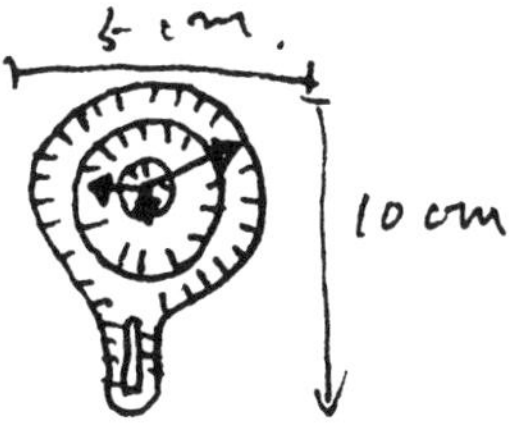

※速度計の示すのは空気の
に対する速度であって、地上に
対する速度はそれを基にし～
測定しなければならない。

型の計算尺を膝の上に置き、手早く偏流、高度、対気速度〔空気に対する飛行機の速度〕を目盛りに合わせ、計算器の針を回した。対地速度百四十五節《ノット》、横風の影響は、地上に対する機の速度を五ノットも遅らせていた。

「気速百五十ノット、対地速度百四十五ノット、予定時間内に到達するために、百五十五ノットにて飛行する」

私は座席の時計を見た。十八時四十五分、すでに距離にして二千メートル、時間にして二十何秒か遅れているわけである。これが真に正しい誤差の修正であるかどうか、果たして私は正しい針路を、正しい速度で飛行しているかどうか、他にこれを調べる手段はなかった。

外は真の闇である。見えるのは星ばかり。星はただ私たちに東西南北の位置を教えてくれるだけである。私は自分一人を信頼するほかはなかった。計算器を回すとき、回しすぎはしないか、目盛りを読み違えたりしなかっただろうか、と疑えば際限はなかったし、心の不安は募るばかりである。不安と疑いが濃くなればなるほど、精神は動揺し、異常心理を起こして、夜間飛行につきものの重大なる錯覚を起こす。

私とても、訓練中、夜空に輝く金星を前続機の機尾灯と間違え、あやうくおろくぢとなり損なった苦い経験を持っている。私は涌き起こる孤独感と不安と猜疑心から逃れるため、改めて戦闘の手筈を打ち合わせた。

「戦闘行動に入ったら、秋山兵曹は絶えず高度計に注意せよ。五百メートル以下に降下することは、夜間は絶対に危険である。照明弾を投下するときは、一、二の合図で逐次、一番機から投下する。降爆に入ったら一斉に銃撃する。別命なくともやる。中村兵曹は星に注意せよ。星と思ったのが、敵の夜間戦闘機の排気ガスの光であったり、銃撃の火花であったりすることが予想される。ただし、一番機から目を離さない程度にやる。目を離して離れてしまったらおしまいだ。絶対に離れるな」

「はい」

元気な、しかも怒ったような声が伝わってきた。

「敵地に侵入するときは、編隊灯を消す。攻撃が始まるまで、敵の電波につかまらないように声を出さないから、いまのうちに話したいことは話せ」

「隊長〔小隊長の意味〕、いまどのへんですか」秋山兵曹の声だ。

「いま、屋久島の北端へさしかかるところだ。屋久島の北をかすめていく」

「このへんの海上は、敵の潜水艦がいると思いますが」

「おるかも知れん。浮上してアンテナの綱を張っているかも知れん」

「太丈夫ですか」

「駄目ということはない。敵の夜戦〔夜間戦闘機のこと〕が綱を張っていたら、空中戦をやるだけだ」

話はそれきりになった。後ろを振り返ると、機体ははっきり見えないが、薄暗い座席灯の光のなかにおのおのの顔が影のようにこちらを見ているのがわかった。二機の排気管から流れるガスの青白い炎が、カウリングの端からチラチラと尾を引いているのが見えた。

敵地に入って、私が編隊灯を消したら、二人が私についているためには、私の機のこのガスのわずかな光が目当てになるのである。けれども、私は二人が必ず離れずについてくるということは、いままでの訓練で自信があった。二機はピッタリと、しかもわずかに上下に動揺しながら、私について離れなかった。おそらく最後まで離れないであろう。

暗黒の飛行は長かった。私はひたすら水平直線飛行に没頭した。そのほかのことは考える余裕がなかった。けれども、刻々に募る不安と戦いながら、落ち着いて水平直線飛行に専念するということは、容易ではなかった。それは一種の心理戦争であった。高度三千メートル、温度計は零度を示していた。

しかし、寒いと思わなかった。手袋は夏の手袋であったが、冷たい感じはなかった。否、私は気がつかなかったのである。長い時間が経つとともに、不思議に私の心から離れなかった不安な思いはしだいに薄れ、なにがなんでも目的地に到達せねばならないという気持ちが、前にも増して強くなってきた。

いま、彼の地では数万の将兵が血みどろの戦闘を続けている。私は彼らに対して、少しでも力とならなければならぬ。友軍機が夜半に現われ、攻撃を加えたという事実、それはたとえ敵に直接損害を与えなくても、味方にとって、どれだけ士気を奮い起こさせるかわからないと思った。轟々ととどろくエンジンの音は、快調であった。私は愛機に対する信頼のすべてをこの快調なエンジンにかけ、敵のなかへ飛びこみ、そして戦わねばならない。私は手で信号した。

「機銃を試す」

「用意、撃て」

「撃ち方止め」

各機搭載機銃五挺、計十五挺の機銃は一斉に火を噴いた。曳光弾は華麗な光を引いて矢のように流れた。異状はなかった。私は時計を見た。すでに一時間二十分近く経過していた。

「目的地に近づいた。警戒態勢をとれ」

私は地図を見た。もう沖縄北端にさしかかるところである。私はヂイット前方の暗闇を見つめた。なにも見えなかった。再び私の心に不安と焦燥が頭をもたげてきた。果たしてうまく着いてくれるだろうか。いままで自分の全力を尽くしてやったつもりだ。少なくとも必ず目的地に向かって飛んでいるはずである。けれども、私の計算は全部誤算ではなかったろうか。私は再び羅針盤と図盤を見た。

と、突然、秋山兵曹機がスルスルと前に出てきて私と並行した。無線を使えないときの敵見の信号である。秋山兵曹は前方を指差していた。前方にポツリと赤い点がそれこそ暗闇のなかに、私たちを導くかのように水平線と思われる付近に見えた。秋山兵曹は普段の訓練の通りに敵地に近づいたら、自ら無電管制をやって、ラヂオを使わないようにしているのであった。

私は徐々にスピードを出した。赤い点は次第に大きくなり、だんだんはっきりしてきた。それは地上の灯りが空にある雲に映って、バラ色に染まっているのであった。私は時計を見た。八時十二分前、私たちは少なくも目的地から二十五里くらい手前に近づいたわけである。私は方向を右に取った。そして火を左に見ながらどんどんスピードを出した。私は北からでなく、南から迂回して敵地に飛びこむつもりであった。私は左手を挙げて、二番機を見、三番機を見た。二人とも手を挙げて答えた。戦闘用意である。

「増槽落とせ」

増槽タンクはまだ十分間くらいの燃料はあったが、攻撃する身には邪魔である。私たちは海のなかに投下した。私は進路を変えた。一回りした私たちは、火を北に望み、全速力を出して、火に向かって突き進んだ。

私は高度を下げた。火はみるみるうちに目の前に近づいてきた。それは、かなり大きな町であった。私は時間と距離から判断して、それが那覇市であることを認めた。私は火のなかに飛びこんで姿を現わす必要はないと思った。

いま、沖縄の古都、那覇市は戦火を受けて断末魔のうめきをあげているのだった。私は進路を右に転じた。目指すところは敵の上陸地点であった。私は再び高度を上げた。高度二千メートル、私は心のなかで万歳を叫んだ。なによりも目的地に着いたのがうれしかった。長い間の血みどろの訓練が酬われたのだった。多くの戦友が成し遂げようとして、遂げられなかった、夜間の長距離航行を、いま成し遂げたのだった。

私は下を見た。そして驚いた。前方はるかな水平線まで約二千隻もあるかと思われる大船隊が、皆堂々と灯りをともして停泊しているのが一目で見えたのである。敵は私たちが近づいたのを知るや知らずや。あまりにも大胆な敵の行動に私は少なからず驚かされた。

もう電波管制の必要はない。私は雷撃機でなかったことが口惜しくなった。もし魚雷を抱いていたなら、器材、兵員を満載したこの船を沈められたろうにと思った。

私は急激に高度を下げた。船の位置からおおよその海岸線を想像することができた。私は予想した海岸線の上空を飛び、力一杯叫んだ。

「みんな、いまから攻撃開始、頑張れ、照明弾を投下する。用意、テーー」

私はボタンを押した。「一、二」続いて秋山兵曹、中村兵曹機も投下した。私は振り返った。

六つの照明弾が傘に吊り下げられ、ゆらゆらと揺れながらあたり一面を真昼のように描き出していた。

いた、いた。海岸線には無数の上陸用舟艇が、そして砂浜には無数の器材が山積し、驚いて隠れるネズミのように人の影が右往左往していた。沖の船隊は、一斉に灯りを消して真っ暗になってしまったが、海岸近くでは、舟艇が逃げまどっている姿がはっきり私の目に見えた。

敵は夜のうちに兵員、器材を揚陸するつもりであると思えた。もはや私はこの敵を撃つ以外の何物でもなかった。私は資材の山に向かってピタリと狙いをつけると、急降下に入った。と同時にボタンを押した。十五挺の機銃は、一斉に火を噴いた。機銃弾はちょうど仕掛け花火の滝の図のように光を曳いて流れていった。

「高度千メートル」

かねての手筈通り、秋山兵曹からの高度の報告が耳に入ってきた。

「用意――」私は爆弾投下装置のボタンに指を当てた。

機は不動明王のごとく、五挺の機銃の火を噴きながら、一路、目標に向かって舞い下がった。目標はみるみるうちに大きく見えてきた。弾火は矢のごとく、資材の山に向かって降り注いでいた。

「テーー」

ボタンを押すと、私はそのまま急上昇した。振り返る私の目にはピカリピカリと三つの閃光がキラメイタ。命中したようである。当たらなければどうかしていると私は思った。

いままで三千回ほど夜間降爆擬襲を練習していたし、今夜は五百メートルまで下がったのだから。気がつくと、いつの間にか、海からも海岸からも、対空砲火が雨のように私たちに向かって集中してきた。赤い火、青い火、それから黄色い火など、さまざまの光を引いて、砲弾や機銃弾が空に向かって撃ち上げられていた。

　私は再び手を挙げると、対空砲火の雨のなかに突っこんだ。目もくらむばかりの驚くほどの多数の弾の光が、尾を引いて私たちの方へ向かって流れてきた。私は思いのほか冷静だった。急降下に移ると、静かにボタンを押した。機体は機銃の反動でガンガン揺れた。

「千メートル」

「用意」

「八百、七百、六百、五百」

「テーー」

　二発目の爆弾を落とすと、フワリと腰が浮いたような気がした。身軽になった私たちは全速力で退避した。爆弾は弾薬の集積所に命中したらしく、私たちの機がガフーとあおられたとみる間に、大爆発を起こしたのがはっきり見えた。最初の爆撃は、燃料に命中したとみえ、そこでは天に冲する火焰が見られた。ロケット弾の光芒が束をなして私たちの周辺に飛んできた。それは主として沖の軍艦から発射するもののようであった。

　ふいにガンというショックを感じ、私はやられたと思ったが、異状がなかった。もはや一刻もぐずぐずしているときではない。私は進路を内陸に向けると、照明弾を投下した。その付近には、嘉手納の飛行場があるはずである。けれども、飛行場らしき姿は見えなかった。ただ、

照らし出された地上には、トラックやその他の車両の姿が何両も見られた。

私はこれに対して繰り返し機銃弾を浴びせ、炎上するのを見届けると、機首をひるがえし、那覇市に向かった。私たちは周囲に雨のような対空砲火を浴びた。けれども、もはや私の眼中には、死の恐怖も、戦いの戦慄もなかった。あるのはただ攻撃のみである。

地上戦は那覇市の北方で行われている模様であった。私は静かに下を見下ろした。パッ、パッと無数の閃光がひらめくと、見る間に、北方の友軍陣地と思われるあたりに、しきりに砲弾の炸裂するのが見られた。私たちはもう照明弾を持っていなかった。私は急降下すると、付近一帯を掃射した。ガンガン、ガンガン、機銃は機体を揺すぶって鳴り続けた。引き返しては撃ち、引き返しては繰り返し、真の闇のなかを撃って、撃って、撃ちまくった。

一度は秋山兵曹が大声で「高度百メートル」と怒鳴る声に気がつき、慌てて機首を引き起こしたほどであった。おそらくは五十メートルくらいまで下がっていたに違いない。砲兵陣地の閃光は見られなくなった。時計を見ると、二〇三〇、攻撃開始より三十分経過していた。私は進路を北に向け変えた。

沖縄島は阿鼻叫喚《あびきょうかん》の巷《ちまた》と化していた。炎々と燃え上がる紅蓮《グレン》の焔のなかに、にえたぎる溶鉱炉のごとく、さまざまな色を持った弾丸が空一杯に飛び交い、真の闇のなかに人間世界の血みどろの戦いの姿を、怪しくも、また美しく浮き上がらせていた。

海岸付近では、第二次、第三次と次々に攻撃隊が突入したらしく、その照明弾の輝くあいだを縫って、宵の蝙蝠《コウモリ》のごとく、黒い友軍機の影が飛鳥のようにかすめる姿が見られ、爆弾の炸裂するのが見られた。私は任務を完了した。帰らなければならない。私は沖縄本島の中央部で二千メートルの高度をとった。もう私たちは狙われていなかったけれど、空一杯に撃ち上げた

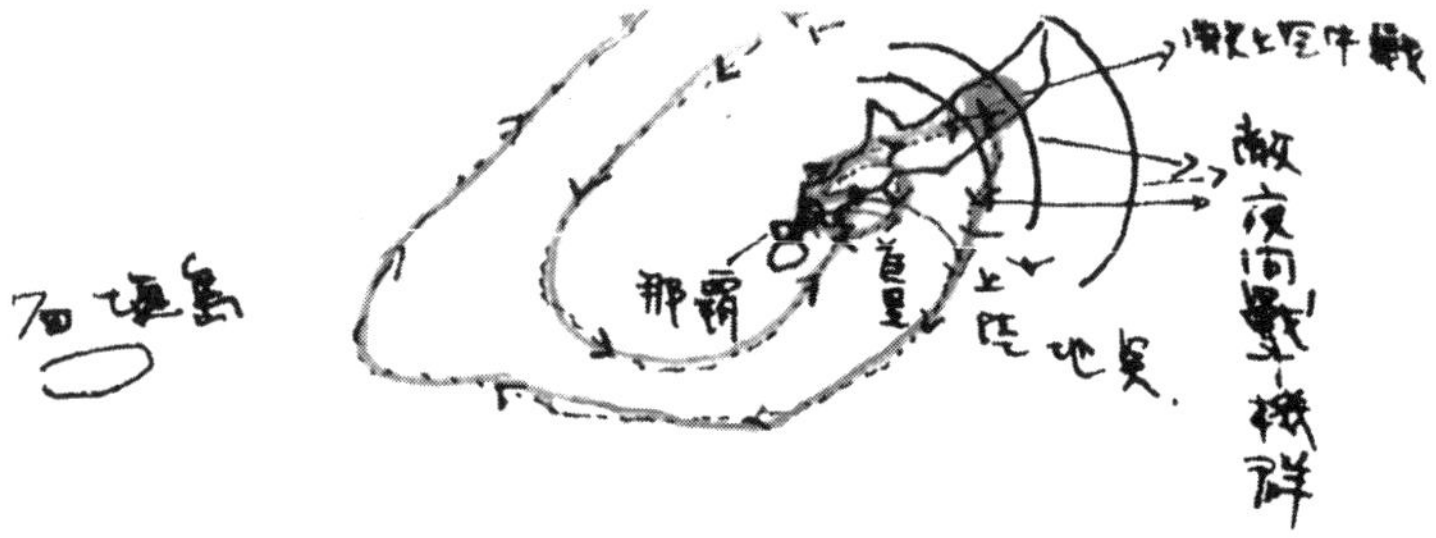
石垣島
那覇
首里
上陸地点
敵夜間戦斗機群

弾丸は、私たちの方に盛んに飛んで来た。

私は身軽になった機の全力をあげてスピードを出した。そのときである。不意に水平方向から、ヒューーと星が流れるような感じがした。続いて二つ、三つと光は尾を引いて私たちの身近をかすめた。

私は室内灯を消し、前方の闇のなかをすかして見た。青い排気ガスの光が、行く手にチラチラと同じ方向に走っていくのが見えた。私は後方を見た。はるか後方には、機関銃の火をピカピカさせながら、後をつけてくる敵機の姿が、輪郭ははっきりしなかったけれどわかった。右を見ても、左を見ても、同じく並行して走る敵機からは、チカチカと機関銃の火を吐くのが見られた。いつの間にか、私は敵の夜間戦闘機の十字砲火を浴びてしまっていた。

敵は占領した飛行場を中心に、沖縄島中央部にかけて東北方面に半円形を描いて、何段にも夜間戦闘機の網を張っていたのだった。私はこの網のなかに飛びこんでしまったのである。爆弾を抱いた攻撃前でなくて仕合せであった。私の想像したところでは、おそらく敵は二人乗りのダグラスＰ―70か、もしくは三人乗りのノースロップＰ―61重戦闘機ではなかろうか。固定銃および旋回機銃を使っている。

私はこの包囲を突破する決心をした。私は帰らねばならぬ。二番機、三番機を振り返り、左手を挙げた。二人は離陸の時以来、少しも変わらず私の一番機に視線を向けたままの姿勢であった。二人はこっくりうなずいた。二人はもう言わなくても、事態が差し迫ってきたことを知っているのだ。

再びつけた室内灯を私はまた消した。敵地に侵入前、消した編隊灯はそのままである。これから急激な旋回運動に入るのに、排気ガスの光だけで果たしてついてこられるかどうか。昼間の編隊空中戦には馴れている。しかし、夜間の編隊空中戦は、まだ迎撃戦程度しかやっていない。もし離れたら、みすみす二機が敵の食いものになるだけである。

十字砲火はますます激しくなった。私は思い切って編隊灯をつけた。敵機の攻撃はしだいに接近してきた。編隊灯をつけたため、目標は敵にとって、ますますはっきりしてきたはずである。けれども、敵はこちらが零式艦上戦闘機の編隊であるとは、まさか夢にも思っていないで

迎撃戦、
大型機を攻撃すること、従って
戦斗機同志の空中戦より運動は単純、

あろう。もし、立場を変えて、昼間であったなら、私たちは逆に彼らのなかへ飛びこんで、思う存分、暴れることもできるのだ。

私が「オーバー・ブースト」に手をかけ、静かに引くと、エンヂンは振り絞るような音響を立て始めた。私は操縦桿をゆっくり一回しした。機は緩やかに横転した。いわゆるスローロールである。私は横転しながら、後方の敵に注意していた。ロールしている間に、敵は私たちの頭の下をくぐり抜けて前方へ出た。二機編隊である。しかも、暗闇のなかにすかして見た目にはっきり、双胴の姿が見えた。ロッキードＰ－38だ。私は後ろからピタリと闇をすかして狙いをつけた。

「撃て」

白熱の弾丸は、夜の世界に滝のように降り注いだ。

「撃ち方やめ」

前方にパッと花火が開くような閃光が見られた。三機の弾丸は一機を粉砕したのである。それは、ほんの一瞬間であった。けれども、私はただちに宙返り反転を行い、機首を反対に向けた。敵の射撃が激しく、急激な運動をしないと危険である。

機首を立て直した瞬間、すぐ目の前に二機の敵がいた。しかし、どちらも撃ち合う暇がなかった。私は、もう方位も距離もわからなくなっていた。けれども、はるか南の方には、赤く染

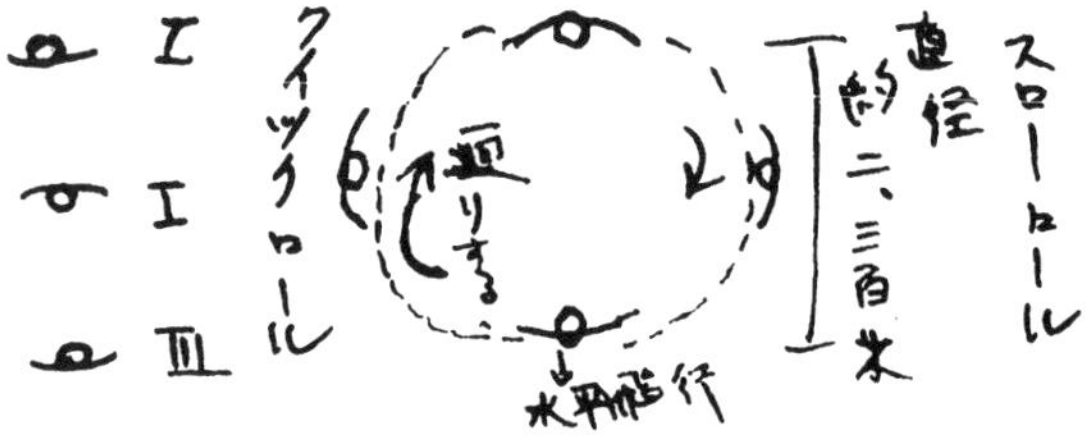
スローロール
直径
約二、三百米
廻りする
水平飛行
クイックロール

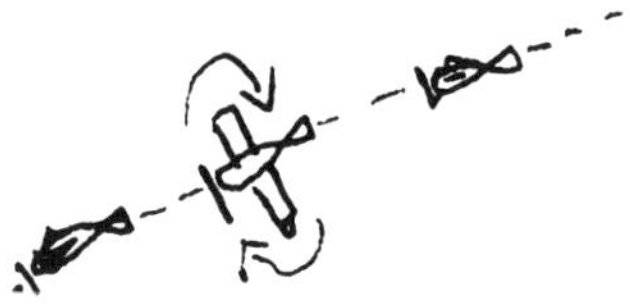

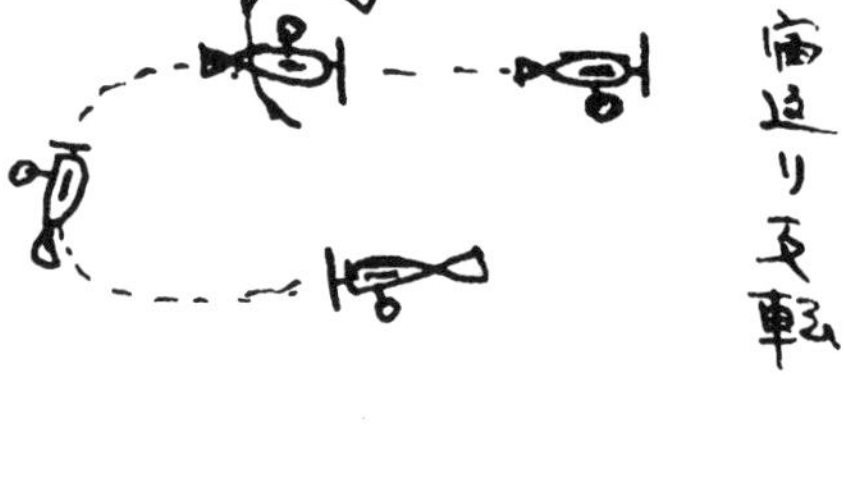
宙返り反転

まった夜空が見えた。私はこの火を見失うまいと思った。これさえ見失わなければ、私は再び方位を測定し、基地にたどり着くことができるのだ。けれども、このまま北へ敵の攻撃を避ければ、火の見える地点から逸れてしまう。

　敵の攻撃を逃れることができても、方位がわからなかったら帰ることができない。昼間なら奄美諸島を飛び石伝いに、コンパスなしでも行けるところである。けれども、夜は別の世界である。私は腕をまくった。左から攻撃する敵を右に引き外すと、弾の雨を浴びせた。下を見ると、後ろ下方から撃ち上げている敵が見えた。

　私は再びブーストを押すと、宙返りで敵の後ろに回り、機銃弾を浴びせた。体の血がいっぺんに止まるような急激な宙返りであったため、敵の後ろについたときは、百メートルくらいしか距離がなかった。敵の座席のなかまではっきり見えた。狙わなくても命中した。敵は爆発を起こして飛び散った。

　私の全身は、火にあぶられたようにほてった。上下、左右、絶え間なく視線を送った。ちょっとした油断も命取りになる。一番注意を要するのは後方であった。夜戦に較べると、私たちの搭乗機ははるかに軽快である。四分六分の戦いができる。夜間の空襲は攻撃機でするのが常識であるが、私たちは常識を破り、単座戦闘機で夜襲をかけているのだ。おそらく敵も少し勝手が違うのに気がついてはいるであろう。

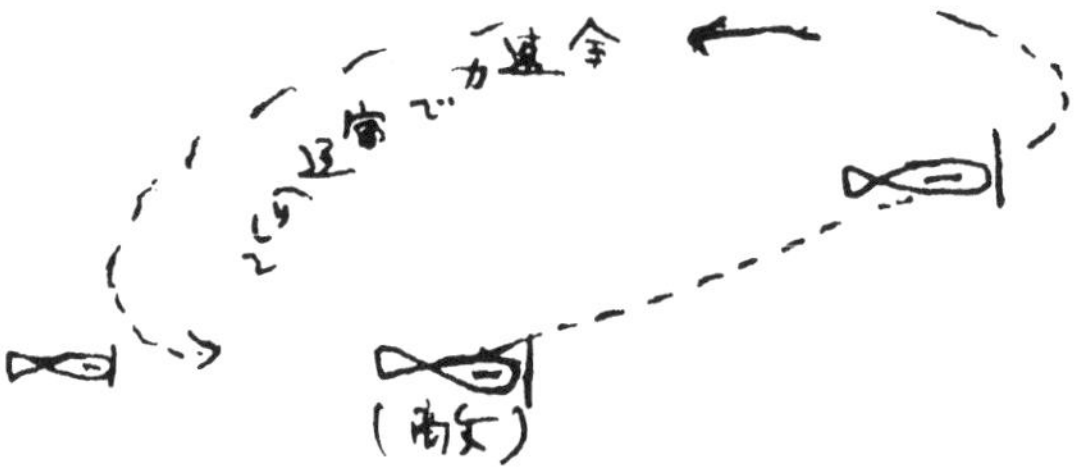

同方向、同速度で

(後下方攻撃)旋回銃で狙い撃ちする。

攻撃機
- 1.爆撃機
  - (イ) 中型攻撃機(7人)
  - (ロ) 急降下爆撃機(2人)
- 2.雷撃機
  - (イ) 1.のイ
  - (ロ) 艦上攻撃機(3人)

夜戦。

夜間戦斗機の

異構

空中戦は私たちの本職である。射撃も本職である。私の目は、すでに闇に馴らされていた。千メートルや二千メートル先を飛行する敵機の姿は、おぼろげなるも摑むことができた。姿を摑むと、私は全速で接近し、射撃した。速力はこちらの方がはるかに速かった。五分以上はエンヂンが焼け付くので使えなかったが、いよいよのときは、オーバー・ブーストも使った。これを使うと、敵機をみるみるうちに引き離すことも、また追いつくこともできた。

機銃はガンガン鳴り通しだった。弾丸は四方八方から私たちをめがけて集中した。汗が私の額に浮かんできた。高度計はいつの間にか五千メートル、室内温度零下九度、吐く息は白いのが感じられた。私はだんだん焦ってきた。早く敵の攻撃を撃退しなければならない。さもなければ帰れなくなる。

飛行機の位置は、だいぶ北方へ寄ったようである。戦火は水平線上に見えるか見えないかくらいのところにあった。このまま北へ行けば、たとえ敵の攻撃を外したとしても、私は機位がわからない。帰ることはできない。私はふと空を見た。星が見えなかった。雲があるのだ。

私はしめたと思った。すぐ機首を巡らして雲のなかに入った。敵の目を一時くらまして、善後処置を考えようと思ったのである。私はさして大きくない雲の塊のなかをぐるぐる旋回しながら、敵の目を避け得たと思ったが、それは誤りであった。弾丸は相変わらずスー、スーと近辺を、十字をなして流れていくのであった。敵のチームワークは見事なものだった。一機を捉えて私たちが狙うと、必ず私たちは周辺から雨のような弾丸を浴びた。

　機体を打ち抜く音もすでに幾度か感じられた。私は首をかしげた。雲のなかにいても弾着が正確である。けれども、その理由はすぐわかった。敵は電探射撃をしているのであった。電波を出し、私たちに当てて返る電波を捉えて、方向と距離を探知して射撃してくるのである。かなり正確であった。

　私はこれでは逃げられないと思った。全身がカーッと熱くなり、額に脂汗が流れてきた。敵の包囲のなかに、斬り死にするか、刺し違えるか。いずれにしても、帰ることは断念すべきか、私は判断に迷った。けれども、私は敵と戦いながらも躊躇《チュウチョ》してはならぬ。私は心の師、入佐《イリサ》少佐の遺訓を思い出した。

「弾が中《アタ》るまでは慌てるな。死ぬと定まってから慌てろ」という言葉であった。

　私は引き返す決心をした。機首を南に向けると、全速力で闇のなかを走った。

　前後、左右、上下より激しい弾の雨を浴びたが、私は必死になって弾幕をくぐり抜けた。前にも増して大きくなった戦火は、みるみるうちに近づいてきた。時速六百キロであった。超スピードのため機体がブルブル揺れるほどであった。私たちは間もなく上陸地点に達した。敵の夜戦は遠のいた。

　しかし、今度は敵の対空砲火が猛烈に噴き上げるように空に向かって撃ち上げられていた。

それは何万発という花火を一時に打ち上げたようなものである。とてもそのなかには入りこめないような気がした。しかし、最前私たちは、そのなかをくぐり抜けてきたのである。私たちは一瞬のうちに弾幕のなかをくぐり抜けた。機体は何度も弾のアオリを受けてガブられた。私は台北へ向けて帰る決心をした。台北まで行き着かなければ、途中、石垣島に不時着場がある。私は戦場の沖縄を後に、南へ向けて脱出した。

「誰も怪我しなかったか」

「異状ありません」

「機体がどこかやられなかったか」

「二、三度、命中したと思われるショックを感じましたが、異状ありません」

私は非常な疲労を感じた。手足が動かせなくなるかと思うほどであった。膝のポケットからウイスキーの小瓶を出した。口で栓を抜くと、一息に口のなかへ流しこんだ。一杯のウイスキーは腸までしみ通るようであった。

私は余裕を取り戻した。寒さは幾分遠のいたように思われた。私は思いきって、千メートルまで高度を下げた。遠くに火の手を見ながら、私はゆっくり方位の測定をした。

そのとき、私はどうして来るときは、敵の夜戦と遭遇しなかったかを考えてみた。私たちは南から侵入したのだ。しかも迂回して――。もし同じ針路をとったら、敵の攻撃を避けて帰れるかも知れない。私はそう思った。やってみよう。それで駄目だったら台北へ行こう。それも危なかったら、敵の船のなかへ飛びこもう。とっさに私は覚悟を決めた。

来たときと同じ針路を取ると、私は時計を見た。八時五十分。随分道草したものだ。もう第六次攻撃隊が突入しているはずである。私ははるか右手に遠く見える沖縄の火の手に別れを告げた。

この際、海軍が全力を挙げて、あの沖の艦船部隊を片づけ、補給の道を断たなければ、沖縄は危ない。それまで海軍の方で力が続けばよいが、私はそう思いながら、基地へ向けてひた走りに走った。

私は必ず帰り着けると思った。別に特別にコースが飛びよいわけではないが、私は自信がついたような気がした。三人は充分注意を払いながらも簡単な雑談を交わすこともできた。私は空が少し明るく見えるような気がした。見れば七日の月はいま出たばかりであった。一時間はこうして緊張のなかにも、いくらかの余裕のある飛行を続けた。地図を見たとき、私たちはもう、東経百三十度、北緯三十度、口之島の北端を飛んでいることがわかった。

あとは演習と同じ気分になった。もちろん闇夜の飛行であるから、絶対に気を緩めるようなことはしなかったけれども、少なくも私たちを狙う者はいなくなったわけである。あとはただ推測航法を間違えなければよい。エンジンの音は快調であった。私は愛機の働きに対して、今夜は感謝してもしきれないくらいであると思った。

　私は自分の手を見、そして腕に付けた中尉の袖章や日の丸などを見回した。これが私なのだ。私はいま、生きて帰れるかも知れないのだ。手も足も、満足について、そして、私の意思通りに動いてくれる。私は、なにか私自身が別人のように感ぜられた。私以外のなにものかが、私を動かしているような気がした。

　二二一八〔午後十時十八分〕、予定より十二分早く私は帰り着いた。再び基地に帰れるかどうかは、最後まで相当不安があった。到着時間が近づけば近づくほど、私は辛い気持ちになった。もし基地がわからなかったらという不安がどうしてもとれなかったが、前方にピカリと光る、友軍機を探す探照灯の信号を見たときは、体中の血が一時に頭へ上がるような気がした。私は呼び出しをかけた。

「三一三《サンヒトサン》、三一三、こちらは一号」

「エー、こちらは三一三、三一三、発信艦所」

「三一三、三一三、感度いかが、カンド、イカガ」

「こちらは三一三、カンド良好」

「こちらは大橋中尉、ただいま帰投、夜設頼む。こちらは大橋中尉、ただいま帰投、夜設頼む」

「こちらは三一三、大垣少尉、夜設準備しあり。ただいま点灯す。貴下の位置は当隊より東南七里」

前下方、闇のなかを見つめる私の目に、ほとんど同時に着陸目標灯が一斉に輝きだしたのが見られた。私は振り返って前を指差した。

彼らはうなづくと、

「ドンピシャリ帰りましたね」と言った。

私はうれしかった。ほとんど物指しで計ったように寸分の狂いもなく、暗黒の世界のなかを飛行場の真上に帰ってきたのである。私は飛行場上空を一回りした。

「着陸差し支えなきや」

「逐次着陸せよ」

「ほかに付近航行中の飛行機アリヤ」

「ほかになし」

「われ編隊着陸す」

「よろしい」

私たちは脚を出し、フラップを下げた。西田飛行隊長の声であった。私は着陸目標灯に機首を真っ直ぐ向けるとパスに乗った。私はスロットルをしっかり握って、静かに青と赤の灯りが並ぶように調節した。

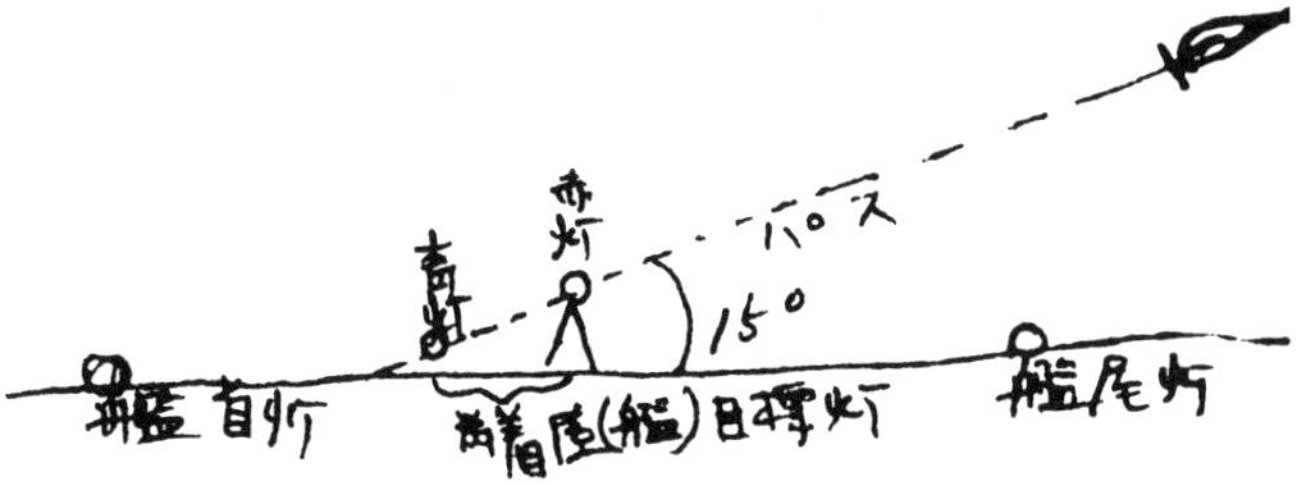

赤灯
青灯
八〇メ
15°
艦首灯
着陸(艦)目標灯
艦尾灯

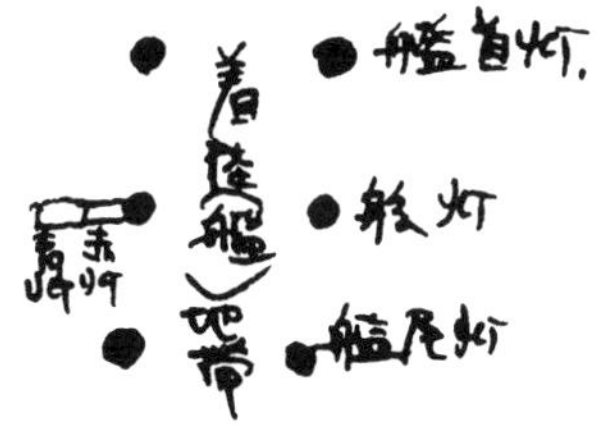

艦首灯
舷灯
艦尾灯
着陸(艦)地帯
青灯
赤灯

夜間の着陸や着艦は、何度やっても難しい。私は各機別々に着陸して事故でも起こしてはいけないと思い、編隊で降りる決心をしたのである。着陸目標灯はぐんぐん近づいてきた。艦尾灯が下を流れ去ると同時に、私は機首を静かに持ち上げた。するするとクッションに乗るような接触感とともに、車輪が地面に着いた。私は三番機を見た。中村兵曹は頭を軽く下げた。私は再び馬力を出すと、秋山兵曹とともに再離陸した。上空を一回りして再び着陸し、秋山兵曹を残して再び離陸、最後に私一機で着陸した。

これは夜間編隊着陸の定石であった。私は航灯の列から離れると、機首を格納庫の方に向けた。前方では、懐中電灯の明かりが円を描いて、私を誘導している。おそらく斉藤兵長であろう。ふと両翼端を見ると、翼の下にぶら下がるように寄り添って走っている整備兵の姿が見えた。彼らは自分の受け持ち機が無事に帰ってきたのがうれしかったのだ。

懐中電灯が縦に振られた。私は滑走を止めた。最後にちょっとエンジンをふかすと、スイッチを切った。

斉藤兵長が飛び乗ってきて、私を引っ張り出してくれた。私は立ち上がるのも億劫なくらいであった。このまましばらく、座席でヂッとしていたかった。しかし、彼は機敏な動作でバンドを外すと、私を引っ張り出してしまった。私は地上に立った。なんだか、足を地に着けて歩くのが変なみたいだった。気がつくと、私は空戦中、腕まくりしたままだった。

秋山、中村の二兵曹が駆けてきた。先任の秋山兵曹が私に、燃料残量と使用弾数および被弾二十発を数え、その他異状なしと報告した。私たちは格納庫の前の臨時指揮所へ歩いていった。指揮所といっても、台が一つあり、その周りには将校たちがいるだけであった。私たちが近づくと、一斉に拍手が起こった。私は少し照れてしまった。私たちが整列すると、西田飛行隊長に無事帰還の報告をした。隊長が飛行長に報告し、終わると皆私たちを囲んだ。

隊長は私たちに葡萄《ブドウ》酒を一杯ずつ飲ませてくれた。アルコールが入った体は温まってきた。私は乏しいカンテラの灯りのなかで地図を広げ、逐一報告した。次々と質問が集中された。隊長は搭乗勤務者を全部集めさせて、私の話を聞かせた。

天体の観測をしつつ飛ぶことは、隊長や飛行長も非常に参考になったようで、詳しく報告させられた。

結論として、私が南方、敵側に退避し、活路を求めたことが、敵の目をくらまし、無事帰れた原因であるということであった。情報によれば、敵は奄美大島あたりまで網を張っていたそうであるから、そのまま北へ退避したなら、おそらく帰れなかったであろうということである。

空中戦の報告では、夜間の編隊としては、随分乱暴な運動であることが指摘された。私としては、そうするほかはなかったと思うのであるが、批判は多かった。したがって、離れずに付いてきた二人の夜間編隊の技量が高く評価された。

一通りの報告が終わると、私たちは帰って休むように言われた。二人の下士官に対しては、十二時まで酒保が許された。

解散すると、私は飛行機のところへ行った。地下格納庫に入れられた愛機に、整備員たちが寄ってたかって手入れをしていた。私は弾痕を調べた。全部で二十八発の被弾が数えられた。これでよく致命部へ当たらなかったものだと思う。

胴の日の丸の標識のところへは、赤ん坊の頭くらいの穴が開いていた。これがもう少し機首の方へ寄っていたなら、私はおそらく闇夜の海に消えていたに違いない。村井兵曹は薄暗いなかに私の姿を見ると、近寄ってきた。

「ご無事で、よく撃ちましたな。ほとんど残っておりませんでした」

「ありがとう。曳光弾と焼夷弾を多量に装塡しておいてくれたので、敵は皆、空中爆発を起こして飛び散ったよ」

と私が言うと、彼は涙を流さんばかりに喜んでいた。

機体整備員は明日にでも使えるように、穴の開いた個所を一生懸命に修理している。エンジンの整備員は分解掃除をしていた。私は今夜の攻撃の成功は、ほとんどこれらの多くの目に見えぬ人たちの働きによるものであることが、しみじみと感ぜられた。私が格納庫を出ようとすると、彼らは一斉に「ご苦労様でした」と、言ってくれた。しかし、それは私が逆に、彼らとそれから私を乗せてくれた愛機に対して、言わねばならぬ言葉であるように思った。

私は士官室へ入った。士官たちは皆集まっていた。彼らは西小谷中尉の帰りを待っていたのだった。しかし、その帰りを待つことはだいぶ望みが薄いことは、私が敵の上陸地点へ、夜戦の攻撃を逃れて飛びこんだときの友軍機の活動状況の報告で、皆気づいたことであった。時間からいえば、ちょうど西小谷中尉の第四隊が攻撃しているころであった。

私の報告は、照明弾二個、開傘中を攻撃する友軍機は一機しか認めなかったという一事である。西小谷中尉は北から侵入したのではあるまいかという疑念が、皆の頭から離れなかった。私は士官たち一同からお祝いの言葉を受けた。

私は食堂へ入った。テーブルの上には夜食が用意され、そのかたわらには、司令から贈られた一升瓶が三本置いてあった。私はコップで冷や酒を飲んだ。疲れた体に酒はうまかった。もう少しもう少しと思う間に、一升平らげてしまった。あとの二本は下士官に届けさしてやった。私は夜食を済ますと、外へ出た。夜の冷気が心地よく私の頬をなでた。空は一面の星空であった。私を北へ北へと帰りも導いてくれた北極星は、前よりも一層輝きを増したように思えた。

私は南の方を眺めた。耳を澄まして爆音をも聞いた。しかし、なんの印もなかった。もし定期飛行であったなら、私の十分後には、西小谷中尉は帰着しなければならないはずである。

私の目には、今朝、P・ハウスへ行くときの彼や、作戦室で私を見て、首を縮めて笑った、子供っぽい彼の姿がちらついた。彼はよくP・ハウスへ行った。彼は遅く帰ってくると、煽情的な話をした。私は戦闘機乗りたる彼がP・ハウスへ出入りすることは、寿命を縮めるようなものだと思っていた。しかし、P・ハウスへ出入りするのは、彼ばかりでなかった。

私が虎部隊にいたとき、先任将校が私たち下級士官のいるところで、

「バー〔バーヂンの意〕は手を挙げろ」

と言われ、私はまじめくさって手を挙げたら、

「バーカヤロ」

とシャレとも冗談ともつかぬ言葉で怒鳴られたことがあった。私はなぜ怒鳴られたか、わけがわからなかったが、「そんなやつは話せねえ」という意味であったことは、だいぶあとになってからわかったりしたものだった。

多くの気の荒い士官たちは、自らあっさり童貞を捨てた。それはいつ死ぬかも知れないという環境によることでもあるだろうが、私はちょっと気が進まなかった。

心の師、入佐少佐の遺訓もあったけれど、それは「世界一の戦闘機乗りになりたかったら、女房を持つな。戦闘機乗りとして働けるのは三十五歳くらいまでだ。それからほかの機種に移って女房をもらっても遅くない」ということだった。

事実、戦闘機乗りでは、結婚したら寿命が短いと言われていた。それは実際の事実でもあった。だから、結婚を望む人は少なかった。だからといって、商売女に身を任せてよいものだろうか。私たちが生まれたときは、ほんとうにきれいな汚れのない体であったはずだし、現在でもそのはずである。そのきれいな体は将来、真に自分が愛する人のために捧げられるべきではなかろうか。たとえその見込みがなくても、死を目前に控えているといっても、なぜわざわざ汚す必要があろう。もしそれが、性欲という本能のためであるとしたら。

私たちは本能の満足のために、万一、訓練中または戦闘中に影響があったとしたら、なんとして申し開きができるだろう。しかもその可能性が多いことは常識で考えてもわかるし、実際にそのために事故を起こして死んだ例を一再ならず見たり聞いたりしている。私はどうしても誘いにのることはできなかった。西小谷中尉がそのために帰らなかったとはいえない。彼は優秀なパイロットである。だが私は、このことが彼にとっては、玉に瑕《キズ》だと思っていた。

私は考えながら、いつの間にか、兵舎のそばを歩いていた。番兵の歩く靴音のみが、道路の上をカタコトと音を立てていた。暗幕を張って光を防いでいるなかから、歌が聞こえてきた。それは遠慮しているような歌い方であった。

秋山兵曹たちの居住甲板であった。彼らは酒保を許され、飲んでいるのだった。私は彼らの仲間へ入ろうとしたがやめた。身分の相違という、軍規というよりも不文律があったのだ。一緒になって騒ぎたいときでも、騒ぐことができないのは、軍隊とはいえ、随分気の利かない話であると思った。彼らも喜んでくれるに違いないとは思いながらも――。
歌は兵舎の外に洩れてきた。

飛行機乗りと空飛ぶ鳥はヨー
どこの夜空でネー果てるやら

軍隊で流行している歌であったが、まったく他人事ではなかった。いま改めて聞く私の胸には、最前までの行動を振り返って、新たなる感激が涌き起こってくるのだった。

男なら金も名誉も命もいらぬ
馬鹿を承知の戦闘機乗りは
花の吹雪に濡れて立つ
トコ、そうだよ濡れて立つ

私は初めて航空隊に入隊したとき、当時の教官であるいまの隊長から「花も嵐も踏み越えて、行くが男の生きる道」と、有名な流行歌「愛染かつら」の一節を引いて訓示されたことを思い出した。「浮き世のすべてを捨て、これからただ操縦の道に邁進せよ」という意味の話であった。私たちはあれから血のにじむ訓練を続けた。

　夜間訓練では、多くの戦友が殉職した。私たちは彼らの屍を乗り越えて訓練を続けてきた。私の二十年の生涯に較べれば、決して長い年月とはいえないけれども、思えば遥けくも来つるかなの感慨がないでもない。

　一つの歌、一つの節にもいままでたどってきた軍隊生活の一齣一齣が、あまりにも鮮やかな印象となって、私の頭に刻みこまれている。続いて、私たちが潜水学校歌の節をもじって、虎部隊にいるときこしらえ上げた同期生の歌が聞こえてきた。

一、貴様と俺とは同期の桜
　同じ三空の庭に咲く
　咲いた花なら散るのは覚悟
　共に散りましょ、国の為

三、貴様と俺とは同期の桜
　別れ別れに死のうとも

花の都の靖国神社
花のこずえに咲いて会おう

ともにこの歌を歌った大部分の人たちは、その歌の通り、春雨に散り急ぐ桜のように、散ってしまっている。虎部隊で最後に歌ったのは、波濤を蹴立てて進む、南太平洋の夜、母艦〔航空母艦のこと〕の甲板の上であった。熱帯の夜風に吹かれながら、サザンクロス〔南十字星のこと〕を仰いで歌った人たちはもういない。

そのなかには、私を海軍士官として精神的に指導してくれた入佐少佐も、その翌日の空中戦〔ママ。入佐俊家ならば、マリアナ沖海戦で空母鳳が爆沈した際に戦死している〕で散った。思えば、一下級士官の身で数多くのよき指導者を得て、今日生きてあることを私は感謝せねばならない。

私は兵舎を離れた。飛行場は昼間の騒ぎを忘れたかのように、ひっそりとしていた。私の目は暗い夜に馴れていた。瞳をこらすと、飛行場のなかの方には、黒い人影が点々と動いていた。帰らぬ西小谷中尉の帰りを待っているのだった。

帰らぬかも知れぬ。私はそう思った。

私は地下の無電室に入った。大垣少尉がしきりにダイヤルを回して、あらゆる電波をキャッチしていた。それは大きな精巧を極めた受信機だった。部屋のなかでは、カチカチ送受信の音がしていた。大垣少尉は私の姿を認めると、部下と交代して私のところへやってきた。

「貴様には驚いたな。奄美大島上空で貴様、話をしておったろう。こっちへは、手に取るように聞こえるんだ。飛行長が聞いていて、まるでガラガラヘビのようだって驚いていたよ」

「ここまで来れば、夜だからあとをつけてくるものはないと思ったよ」

「でも、だいぶ心配していたよ。飛行長がね、いまに見ろ、だんだん遠くなって、しまいに聞こえなくなると言っていたけど、しばらくして呼出符号を呼ばれてうれしかったね。とうとう帰ってきやがったなと思ってね」

彼はそういいながら、私に椅子をすすめると、ポケットのなかから紙片を出した。

「今日、正午過ぎ傍受したんだがね。もしかしたら、同期の飛行科のやつじゃないかと思って、とっておいたんだ。宛先は出水《イズミ》だよ」

見ると、それは受信用紙である。私は広げてみた。

「一二二一〔午前十二時二十一分〕発信（イ）攻撃隊、宛先出水、本文、ワレセンカン〔戦艦〕ニトツニウス、バンザイ、シノザキ中尉、ウエムラヘイソウチョウ」

大垣少尉は私の顔を覗きこんでいた。

「知らないどころじゃない。同じ班で教育を受けたんだ。しかも、同郷、同じ町だ。植村兵曹長は、我々が飛行学生時代の教官だったんだ」

「やっぱり」大垣少尉はポツリと一言いうと、黙ってしまった。私はともに小学校へ通い、ともに故郷を出た篠崎中尉を思った。かつては教官であった植村兵曹長とともに死んだ彼は、幸せだと思った。おそらくは、この電報も植村兵曹長がキイを叩いたに違いない。今夜の私が用いた推測航法も、みな植村兵曹長から教わったものだった。みんな死んでいく。私も長いことはないと思った。私は大垣少尉に挨拶して、地下の無電室を出た。

ガンルームに帰ると、今田少尉が武装も解かず、一心に書き物をしていた。死んだ部下の戦功を書いているのだった。時計を見ると十一時半、私は私室に戻った。

今村中尉は相変わらずベッドに横になって本を読んでいた。そういえば、私が帰ったとき、今村中尉の姿が見えなかったのに気がついた。私がベッドに腰を下ろすと、今村中尉は本から目を離した。

「今までなにをぐずぐずしていたんだ。帰ってから一時間も経っているじゃないか」

これが今村中尉の最初の挨拶だった。

「貴様、姿を見せなかったじゃないか。搭乗員は皆集まったのに」

「あとから貴様の話をゆっくり聞けば同じじゃないか。俺は三度目のパスに乗ったエンジンの音を聞いて、貴様だということがわかったよ。貴様ならなにもお迎えに上がるにはおよばんと、思っただけさ」

ベッドの頭にある机の上には、「光」の箱が十ほど並んでいた。

「これどうしたんだ。またお前、銀ばえ〔酒保へたかり、割当以上に貰うこと〕か、よせ、きたねえ」

「賭けたんだよ」

「ブリッヂか、のんきな野郎どもだ」

「違うよ。貴様たちが帰ってくるか、来ないかで、ガンルームで賭をしたんだ。両方帰れば二個、片方帰れば一個貰え、帰らなければ二個取られる」

私はギクリとした。

「この野郎、どっちに賭けたんだ」

彼は煙草の方へ頭をしゃくりながらいった。

「もちろん、帰る方だよ。これで西小谷中尉が帰れば、あと十個もらえる。だが、残りはあやしいな」

煙草の数からいって、ガンルームの飛行科士官は、今村を除いて全部帰らぬ方へ賭けたらしい。

私は苦笑した。彼は私の気持ちを察するかのように言った。

「俺たち、いや少なくも、俺と貴様は死なんよ。自分で死のうとしなければな。俺はそう思った」

私は瞬間、彼の顔を見た。彼の目が光ったような気がした。私は彼が特別攻撃隊の志願意志を問われたとき、紙に◯を書いたに違いないと思った。

突然、スピーカーが鳴りだした。

「西小谷中尉以下、第四次攻撃隊、全員戦死と推定さる。第一、第二救助隊解散、整備分隊、用具納め」

スピーカーは二回繰り返すと静かになった。闇の静寂のなかをざくざく駆け去る兵隊の足音が聞こえる。

私と今村中尉は顔を見合わせた。静かな夜の空気を破って朗々と聞こえてくる拡声器の声は、そのまま西小谷中尉一行を弔うかのようであった。今村中尉は時計を見た。十一時五十分。

「一時間も前に燃料はなくなっている。どぎゃんことしたって、助かりゃせんど。どっちにしろ、体当たりか、おろくぢじゃけん」

彼はそう言うと、頭に枕を当てて横になった。

私は飛行服を脱ぎ始めた。

今村中尉は思い出したように、

「戦争じゃけん」とポツリと言った。

今村は島田と同じ熊本市出身、どちらもアメリカ生まれの二世である。島田はロスアンゼルス、今村はシアトル生まれ。どちらも学生時代、野球の選手で、島田は甲子園に、今村は神宮に、どちらも出場した経験を持っていた。しかし、知り合ったのは、軍隊に入ってからだという。小学校のとき日本へ帰った島田と違って、ハイスクールまでやった今村は、ほとんど熊本弁を使わなかった。彼の熊本弁は私の耳にも珍しかった。兄たちがアメリカに残っているという彼には、私たちには察し得ぬ悩みがあるのだった。

今村は突然、私の方を振り返った。

「お前、隊長から話があっただろう」

「なんの話か」

「特攻隊さ」

「いや別に」

「そうか、それで貴様、部屋へ戻るのが遅くなったのかと思った。俺にはあったよ。近いうちに突っこむらしい」

やっぱりそうだったのか。

「俺は、実は四角を書いたんだよ」

「うん、隊長がね、四角を書いた者が一名いる。その者の気持ちはよくわかるがね。やはり丸を書かん以上、編制に入れるわけにいかんと言うたよ。誰だか初めはわからなかったがね。隊長がじっと天井を見ながらね。あいつ、普段一番命を粗末に扱う男なんだがと、感慨をこめた口ぶりでつぶやくのを聞いて、貴様だということがわかったよ」

「いつだ」

「貴様がまだ沖縄あたりをうろうろしているころだ。自分の技に自信をもって、堂々と四角を書き得るのは、貴様と西小谷、近藤中尉くらいなものだろう」

「俺はべつに四角を書いたことを悪いと思ってはいない」

「もちろんさ。だが、事態は貴様が考えている以上に切迫しているよ。だが、堂々と四角を書くだけの神経を持っているのは、貴様くらいだよ」

「俺は神経で書いたんじゃない。信念だよ」

　私はそう言い切ったが、なにか今村に非難されているような気がした。けれども、隊長や今村中尉の言った言葉は、それほど気にならなかった。疲れていた故もあるかも知れなかったけれど、なによりも気になるのは、編制から外されて飛べなくなることだった。

　今村は本を読み出した。外からは尺八の調べが、かすかに嫋々《ジョウジョウ》と流れてきた。帆足中尉が吹いているのだった。よく飽きもせず、毎晩吹いているものだと思うと感心した。私は寝ようとしたが、寝巻のまま靴をはくと、外へ出た。真夜中の空気は、身震いするほど寒かった。

　帆足中尉は、芝生の上に突っ立って尺八を吹いていた。彼も寝巻を着ていた。私がそばへ寄ると、彼は尺八を止めて振り返った。

「大橋か」

私は黙って彼の脇に立った。彼は再び尺八を吹き出した。尺八の音は、寝静まった飛行場に余韻を引いて嫋々と流れた。ぢっと立ち止まって聞いていると、真っ暗な滑走路に、いまにも西小谷中尉の一行が帰ってくるような気がしてならなかった。

私は尺八を吹く帆足中尉の横顔を見つめた。彼はみんなから愛され、尊敬されていた。彼の兄は全海軍で誰一人知らぬものはなかった。開戦当初、彼の兄、帆足中尉は索敵に出かけ、英国東洋艦隊旗艦プリンス・オブ・ウェールズを発見し、敵の対空砲火を浴びながら、味方機を誘導し、撃沈するまで接触を続け、刻々詳細に状況を報告し、燃料すれすれとなって送中に不時着した〔ママ。サイゴンの基地にかろうじて帰還した〕人であった。のち珊瑚海海戦で戦死した〔ママ。台湾に向かう途次、消息を絶ったと言われている〕が、帆足中尉の名は全海軍にその冷静と沈着さとともにうたわれたのだった。

彼はその弟である。隊長は兄と同期であるため、とくにかわいがっていたものだった。兄も彼も高野山大学の出身で、お坊さんであった。彼は首を振りつつ尺八を吹いた。曲の名はなんというのか私にはわからなかったが、一管の笛から出る柔かい調べは、私の疲れて切れそうになった神経を休めてくれるような気がした。

彼は尺八を止めて、私の方を振り返った。

「まだ寝ないのか、疲れたろう」

「うん、貴様の尺八が聞こえてきたので、起きてきた」

「今夜はご苦労さん。よく帰ってきたね」

「度胸八分に技量二分さ。まぐれだよ」

彼は静かに空の星を眺めた。

「貴様は残るなあ。我々は特攻隊に参加すると決まって、気持ちがさっぱりしたけれど、貴様はこれから辛いね。どうやら貴様は、そう簡単に死ねる人間ではなさそうだな」

私が□〔四角〕を書いたことは、彼も知っているのだった。帆足は私の気持ちを知っているかのように、しみじみと穏やかな彼の性格そのまま、ポツリポツリと語るのだった。

「ここ二、三日、ほんとに我々は辛かったね。飛行機へ乗れないということは、裸で敵の前に立つようなもんだ。しかも、状況は切迫している。内地ですら、飛行機の補給がつかないのだからね。ましてや、我々若年搭乗員は、腕も落ちるし、雲霞のような敵を引き受けては、ただ敵に体当たりするよりほかに方法がないじゃないか。それよか、飛べなくなる方が辛いよ。大橋はこれから、古参搭乗員のなかに入っていろいろ辛い目に遭うね。

隊長はお前のことをよく知っておられるし、今後のことも心配もされていた。虎や猪を殺すのはまだ早い。大橋中尉と近藤中尉には、いましばらく働いて貰うつもりだと言っていたよ。

だが、近藤中尉はとうとう帰らないね。虎も死ぬ時機があるとみえるね」

無口の彼は珍しくしゃべった。彼は私のことを心から心配してくれているのだった。彼のかたわらにいると、私は乳の匂いがするような気がした。それほど彼は子供っぽかった。特攻隊と決まって気持ちがさっぱりしたという彼の心情は、私にもよくわかる。今村にしても、同じであるはずである。私は死ぬことは少しも怖いと思わない。もし、自分の死が前もってわかるようになったとしても、いまの私の心には、少しの変化もないはずである。なぜなら、私たちは明日がわからないからである。命などは少しもあてにならない。

だが私は、特攻隊になりたくなかった。私はまだ戦いたかった。私は爆弾を抱いて体当たりするのでなくて、敵機と空中戦をやり、機関銃を撃ちまくって敵を墜としたかったのだ。しかも、必ず撃ち墜とせる自信がつき始めたときである。

私のこの気持ちはわがままであろうか。隊長はじめ士官たちは、果たして、この私の気持ちを充分知ってくれているのであろうか？　もちろん、みんなの希望も私と同じであるはずである。飛行機乗りであるならば。

だが、彼らはなぜそれを断念して、特攻隊を志願したのであろう。それとも、私一人の考え違いであったろうか。

私は帆足中尉と一緒に兵舎へ帰った。私室へ入ると、今村中尉は鼻をほじりながら本を読んでいた。

「よう飽きずに本を読むな」

「そう他人事みたいに言うなよ。貴様だって同類項だよ」

　彼は本から目を離さなかった。私は、こいつ、徹夜で本を読むかも知れないと思った。夜通し電気をつけられては、こちらがたまらない。

「おい、ほんとにいい加減で寝ようや」

　私がそういうと、彼は黙って本を閉じ、煙草に火をつけた。彼はうまそうに煙を吐いた。私はベッドにもぐりこむと目を閉じた。昼間からの疲れは一時に出て、私は急に眠くなった。今村中尉が独り言のようにいった。

「西小谷中尉が帰らんで、俺、煙草十個取り損なった。えらい損した。お前が帰ってきたため、拳銃は貰い損なうし、どっちにしてもつまらん」

　まもなく私は、今村中尉が電気を消すのも知らずに寝てしまった。

昭和二十八年四月二十日記す　　終わり

後記

私のこのつたない手記は、ここで一応区切りをつけたいと思う。当時を思い出しつつ、一字一字書き綴る私の胸は、ときには一杯になって筆が止まってしまうこともある。けれども、私は一応この手記に後書きの形で結末をつけたいと思う。

特別攻撃隊の編制から外された私は、それから二、三日なすこともなく、ぶらぶらしていた。ほかの士官たちは毎日張り切って突っこむ練習をしていた。

敵の空襲は激しかったが、訓練はその合間を縫って続けられた。私は彼らの訓練する爆音を聞くたびに、寂しくも思い、またそれ以上に辛かった。なぜか飛行隊長は私に対空射撃隊に協力することを禁じた。

それから四日目、第五航空艦隊司令部よりの突然の命令で、私は仙台の松島航空隊に緊急移動を命ぜられた。このことは、飛行長および飛行隊長の計らいであることを松島に着いてから知ったのであるが、とにかく、それは午後もだいぶ回ってからだった。命令はその日の夕刻までに到達せねばならぬことになっていた。

日暮れまで四時間しかない。私は取るものもとりあえず、地下格納庫の愛機へ飛び乗った。そのとき、私は一生に一度の大冒険をしたのであった。それはちょうど、私が地下格納庫の入口まで出てきたとき、敵のアベンジャー急降下爆撃隊が、いま上空で編隊を解き、まさに爆撃進路に入らんとしているところであった。もし滑走路を破壊されたら、とても今日中には出発できない。

私はとっさに考えると、格納庫の入口からそのままフルスピードでエンジンをかけると、一気に飛び出した。上を見ると、数機がいまや急降下に入っていた。私は歯を食いしばって操縦桿を握った。滑走路のアスファルトや芝生が走り去るのが、私にはこのときほどもどかしかったことはなかった。

振り返ると、いま爆弾が落ちるというその飛行場の端の方で、今村中尉ただ一人が手を振っている姿が見えた。私は腹のなかで、くそ、なにくそ、と思いながら、必死で全馬力をかけた。それは十秒か二十秒の時間でしかなかったけれど、このときほど、長く感じたことはなかった。高度千メートルに達し、ホッとして飛行場を振り返ると、飛行場はもうもうたる爆煙に包まれていた。間一髪の差であった。

私は心のなかでさようならを言いながら飛び去った。それは巣を離れた小鳥の姿であるかも知れなかった。私は岩国と霞ヶ浦で燃料を補給すると、その日の夕刻、日没頃、一気に松島へ着いた。そこには、ズラリと五百機からの戦闘機が並び、これから戦闘に出陣せんとする若者たちで活気が漲っていた。

私はいっぺんに元気を取り戻した。松島にいる間、私は捨て身の訓練をした。夜明けから夜の九時頃まで、食事と燃料補給に降りるほか、飛び続けた。

「鳥だってそんなに飛びやせん」と新しい飛行長に言われたりした。

松島に着いてから二週間たった。私は緊急要務を帯びて九州に飛んだ。そうそうに用を済ますと、私は懐かしの基地へ飛んだ。空から見た基地の姿は変わって見えなかった。けれど、着陸して当直室へ顔を出したとき、私はなにか抜けているような気がした。ガンルームに入ると、大垣少尉と今田少尉が懐かしそうに「おう」と声を上げて寄ってきた。しかし、一番先に私を迎えてくれるはずの飛行科士官たちの姿は見えなかった。私がガンルームのなかを見回しているのを見た今田少尉がいった。

「ひと足遅かったよ。三日前、皆元気で出発していった。夕方だった。盛んな見送りだったよ」

そのあとを大垣少尉が引き継いだ。

「間もなく電報が続々入ってきた。奄美大島上空で、敵戦闘機に包囲されたらしい。我レ戦闘機に包囲サルの暗号、ヒを盛んに打ってきたよ。どうなるかと思ってハラハラしている間に、我レ輸送船に突入スと第一電、川守田中尉、西田隊長と帆足中尉は、戦艦に飛びこんだらしい」

「今村中尉は」と私は聞いた。

「なんの運絡もなかった。彼は発つとき、俺に言ったよ。俺はなにも電報打たんからな。大物へぶち当たったと思ってくれ。死ぬ身に恩賞はいらねえって、啖呵《タンカ》を切っていたよ」

私は今村中尉らしいと思った。川守田が一番先に体当たりをしたという。ラグビーをするとき、いつもボールを抱えてゴールへ独走した、足の速い川守田を思い出した。

私は私室へ入った。いまはもう住む人なき部屋は、白々としていた。私は五ヵ月の間寝起きした部屋を見回した。私は部屋のなかから今村中尉の姿を見いだそうと思ったけれど無駄だった。けれども、今村中尉の寝起きしたベッドの頭のところ、白い壁に鉛筆で小さくなにか書いてあった。目を近づけて見ると、それは島崎藤村の詩であった。

時は暮れ行く春よりぞ
また短きはなかるらん
恨みは友の別れより
さらに長きはなかるらん

「晩春の別離」の第一節である。

私はしばらく突っ立ってそれを見つめたままであった。胸は一杯になり、両目から涙があふれ、ぼろぼろと頬を伝わって、足元の床を濡らした。私はベッドに突っ伏すと声を立てずに泣いた。飛行機乗りは情にこわい。戦友が何人死のうと、泣きはしない。私はただ一人取り残された寂しさを骨の髄まで感じたのである。

0式艦上戦闘機

振り返れば、飛行場は濛々《もうもう》たる爆煙に包まれていた。私の瞳のなかをチラッと走り過ぎた今村中尉の姿が別離の哀愁をこめた火花となって、私の心のなかを瞬間、かすめたように思った。とっさに飛び出した私を警戒してか、続いて爆撃進路に入った敵も、爆撃を終わったのも、一斉に散開して、戦闘体形をとった。

その数約十六機。私は全身が熱くなるのを感じ、思わずボタンに手をかけた。同高度である。敵は複座の爆撃機、いま飛びこめば、五機や六機は墜せる。軽快な単座戦闘機にとっては絶好の食いものである。

充分練度の上がった爆撃隊なら、たとえ戦闘機の攻撃を受けようが、猛烈な対空砲火を浴びようが、いっさいお構いなしに組んだ編隊を崩しもせず爆撃を最後まで繰り返す。それを、いま目の前の敵は爆撃を中止し、重い爆弾を抱えたまま、私の攻撃に備える隊形をとったのである。

これは組める。私はそう思った。しかし、私は攻撃命令を受けていない。けれども、これを見過ごすことは、私にはできなかった。数の比率はいかようでもあれ、敵と見れば、これに戦

アベンジャー
戦斗体形

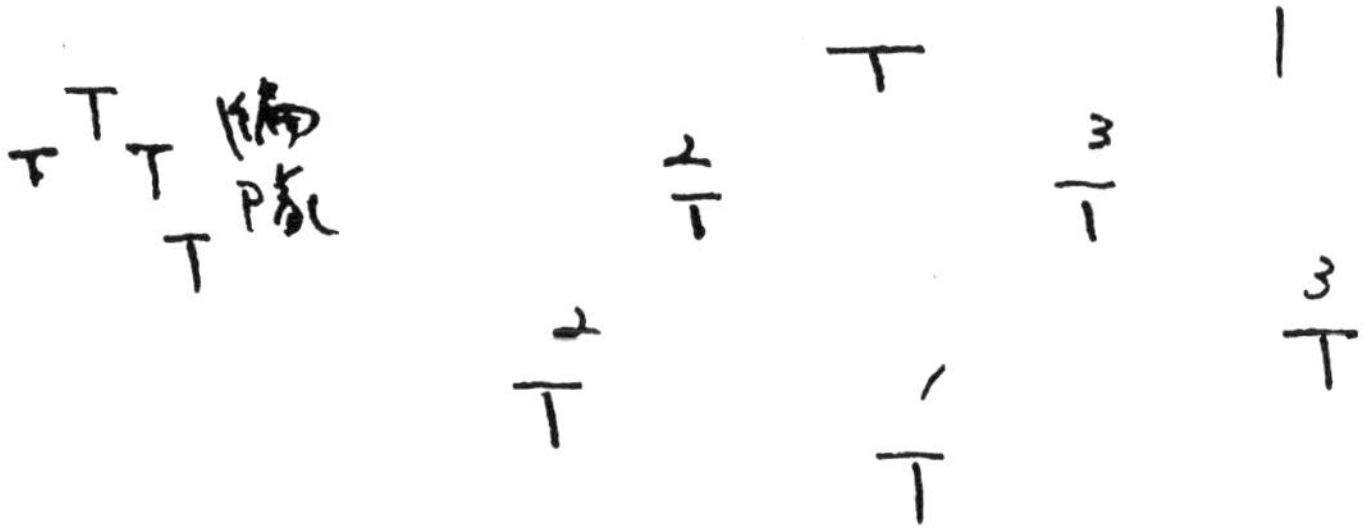

いを挑み、そのなかに飛びこんでいくことは、海軍戦闘機隊の昔からの伝統であり、使命でもあったのだ。敵弾はすでに飛び始めていた。私は操縦桿を握る右手の袖をまくり上げ、眼鏡を頭の上にはね上げた。

と、そのときである。

「馬鹿野郎――なにをするのか、貴様は――早く行け」

飛行長の声が耳のレシーバーを通じて私の鼓膜を打った。私はハッとすると、慌てて機首を立て直し、松島めがけ、一目散にフルスピードで雲の谷間を駆け抜けた。

逃げるということは、嫌な気持ちであった。敵に後ろを見せることは、戦闘機乗りにとっては死を意味した。けれども、松島へ行くことは、私に与えられた命令であった。どんなことをしても、私は今日中に松島へ行き着かねばならぬ。

もし遅れて、部隊が松島を出発し、出撃していたあとだったら、私は軍律により、後発航期罪――として最低十年の刑を覚悟しなければならない。どんなことをしても、私は松島へ行かねばならなかったのだ。

もしあのとき、敵のなかへ突っこみ、五機や六機墜としたとしても、しょせん多勢に無勢、私は空に鮮血を飛ばして撃ち墜とされたことであろう。それは軍の作戦行動とは、なんの関係もないことであった。私は松島へ向かって飛びながら、無駄死にすべきではないと思った。

夕暮れの松島湾は美しかった。山の端にいましも沈まんとする夕日を受けて、海は金色の波を立て、屈折の多い海岸線は、光と影の陰影を油絵のように映していた。私は飛行場上空の飛行機に注意した。いるいる、青い海の色と同じ色をした戦闘機が、訓練も終わるころとみえて、三々五々、着陸誘導コースを回っていた。

目を上げれば、はるか上空では、まだところどころで二、三のグループが入り乱れて、空中戦の訓練をやっているのが見られた。私の心には、新たなる希望が涌き起こり、口笛を吹きたいような、はしゃいだ気持ちになった。私はぐんぐん高度を下げると、誘導コースのなかへ割りこんだ。

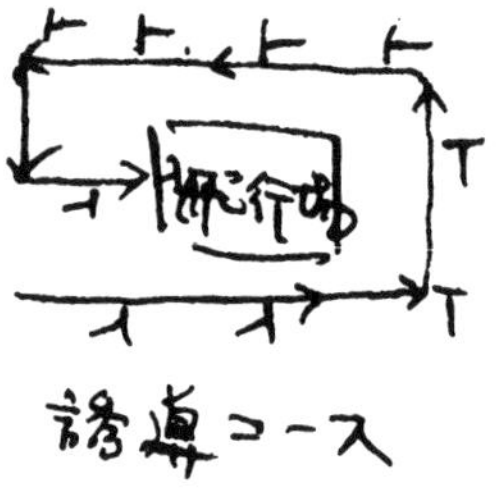

「我レ三空ヨリ着任ノ大橋中尉、着陸差支ヘナキヤ」

「先行機ニ続キ着陸セヨ。停止位置ハ着陸後示ス」

　飛行場には、小糸少尉が迎えに立っていた。彼は作家、小糸のぶ氏の末弟である。彼とは候補生時代に別れたきりであったが、小柄な、目のくりくりした彼は、少しも変わっていなかった。

「貴様がここにいるとは心強いな」

「三空から来るのが貴様だと知って飛んできたよ。みんな元気か。あっちのようすはどうだ」

「三空は隊長はじめ、まるで昔の学生時代の編制みたいだよ。近いうちに突っこむだろう」

　彼は懐かしがって、一人一人の消息を聞いた。しかし、彼が問題にしていることは、やがて彼らが特攻隊として突っこむことではなくて、いまなにをしているかということであった。飛行機乗りは決して未来に関心を持たないし、過去をも振り返らない。

　あるのはただ現実に真っ正面から取り組むことである。戦友の華々しい働きを聞けば、先を越されたと口惜しがり、傷ついて病院にあると聞けば、頑張れと手紙を出す。飛行機乗りの一人一人が言われなくても、教わらなくても、現実の激しい錬磨のなかに未来へ連なる道が開けていることを、知らず知らずのうちに感得しているのだった。

すでに彼から私の聞き得た戦友の消息のうちでも、何名かは新しく亡き数に入っていた。ことに戦闘機乗りは寿命が短い。第一線に出たと聞いてから一ヵ月経たないうちに、その部隊にいた同期のほとんどが戦死した、という例は少なくない。一通り情報の交換が終わると、彼は言った。

「貴様と俺とは、同じ松島でも部隊が違う。俺は松島航空隊付だが、貴様は戦闘第三三六部隊だぞ。三三六には同期生はおらん。だいぶ気合いのかかった部隊だ。こみやられんようにしろ」

私はもちろん、覚悟の上だった。周囲を見回すと、飛行場には五百機からの単座戦闘機がズラリと、目の届く限り並んでいた。並べられた飛行機の間を整備員たちが忙しそうに立ち働いていた。

その飛行機の列線のなかから、訓練を終えた搭乗員たちが三々五々、出てきては宿舎へ帰っていくのが見られた。あるグループは軍歌を歌い、あるグループはなにか声高に話をしながら。さまざまの色をしたマフラーを首に巻いた彼らは、芝生の上に列をなして、私と小糸少尉の立ち話をしている付近を、私たちには見向きもせず通っていた。

皆が皆、ほとんど申し合わせたように飛行服の袖をまくり上げ、歌う声や話し声は、轟々たるエンヂンの音にも負けず、あたりに張り切った、そして賑やかな雰囲気を作り出していた。

私と小糸少尉は当直室の前で別れた。

別れ際に、

「今夜、俺のところへ飲みに来いよ。酒はたっぷりあるからな」

と言って、笑いながら立ち去っていった。


私は当直将校に名刺を渡し、着任の挨拶を述べた。当直将校は私の頭のてっぺんから爪先までギロギロ見上げ、見下ろすと、先に立って飛行隊長室へ案内した。隊長は飛行服を着たまま机に向かって書き物をしていた。彼は着任の挨拶をした私をギロリと見ると、

「ここは若年搭乗員にとっては、相当きついところだ。へたばるな。今日はもう遅い。明日は、朝のうちに貴様の練度をテストしてやる。役に立たんようなら三空へ戻ってもらう。帰ってよろしい」

私は敬礼をすると、部屋を引き退いた。まるで叱言《しつげん》だった。けれども、私は明日の朝はなにがなんでも、隊長に食い下がらなければならないと思った。三空に帰されるくらいならば、死んだ方がまだましだからである。

飛行長は挨拶に来た私を前にして、次のように言った。

「お若いの、おめえさんは知るめぇが、この部隊は、よその隊たぁ、ちょっとわけが違うぞ。まごまごしてると、おめえさんの存在は戦力にプラスになるどころか、マイナスになる。役に

も立たんで、飛行機を乗り回すやつを、我々は燃料泥棒という。そんなこたぁ言われんようにしろ」

この言葉つきで、私は飛行長が艦爆〔艦上爆撃機の略称。二人乗り、搭乗員は口が悪く、柄の悪いのが特徴である〕出身の将校であることがわかった。飛行長はどこでも口が悪いものと相場が定まっているようである。もちろん、これには相当ハッタリもまざっている。

私が虎部隊に入ったときも、これ以上にひどいことを言われた。三空に入ったときも、挨拶した私たちを見て、「鳩の親類がまた増えたな」と言ったのは、あの人情豊かな親しみ深い飛行長であった。鳩とは、一人前に飛ぶが、すぐ墜とされるという意味である。

私は従兵に案内され私室に入ると、ガンルームを訪ねたが、士官たちはまだ飛行場から帰ってこなかった。私室に戻ると、飛行長から渡された編制表を開いた。二十頁に及ぶガリ版刷りの表には、五百名からの編制が記されてあったが、だんだんめくっていくうちに、私の名前はその一番最後に書いてあった。

私にはその意味がすぐわかった。私の地位は予備員であった。それは、自分の腕に多少ともうぬぼれを持っているものにとっては、満足し得る配置ではなかった。私の部下となるべき兵隊は、村山という二等兵曹一人であった。私がまだ編制表を眺めているうちに、ドアを軽くノックする音が聞こえた。返事をすると、入ってきたのは飛行服を着けた下士官であった。

彼は頭を下げて敬礼すると、

「村山兵曹入ります」

と元気の良い声で怒鳴った。彼は新着任の私に挨拶に来たのだった。

「よろしくお願いいたします」

と言う彼の言葉が終わるや私は尋ねた。

「お前、夜間飛行の経験があるか？」

「三回ほど練習機でやりました」

それはやってないのとたいして変わりはなかった。私は窓の外を眺めた。あたりはすでに薄暗くなり始めていた。私は飛行帽をとると、

「いいか、これから訓練を始める。どんなことがあっても、一番機から離れるな。離れると最後だぞ」

と言いながら、多少あっけに取られている彼をあとに従えて、私は外へ飛び出した。

私の心には、松島へ到着して、当直将校に会ったときから、なにか心の奥にやり場のない憤懣が頭をもたげてきたが、飛行隊長、飛行長と挨拶を重ねるたびにそれがだんだんと大きくなり、編制表を見て、わたしのその気持ちは頂点に達した。だが、この気持ちは飛行機に乗ることによって吹き飛んでしまうことを私は知っていた。

私は三空の飛行長、飛行隊長の顔が見えるような気がした。なんだこんなのが三空では幅を利かしていたのか、などとは間違っても言われたくなかった。私は体中が火照ってくるような気がした。

外へ出ると、私は黙って空を見上げた。空には一番星がきらきらと輝いていた。私は心のなかで千年前の和歌を暗誦した。

おほぞらは恋しき人の形見かは
もの思ふごとにながめらるらむ
『古今和歌集』

私は今夜の訓練で、生命をかける決心をした。言いようのない口惜しさが、私の体中を駆けめぐった。飛行場には、いま最後の一機が訓練を終わって着陸したところであった。八千メートルの上空はいまだ明るかった。私は村山兵曹の飛行ぶりに注目しながら上昇してきたが、信頼しうると見極めをつけると、私は下を眺めた。薄闇を通して飛行場の輪郭がぼんやりと見え、庁舎の屋根が米粒のように私の目に入った。左六十度、私は目標を庁舎に定め、急降下の姿勢に入った。

士官宿舎では、食事を済ませた士官たちが宿舎の前の芝生に椅子を持ち出し、暮れ行く一日の最後のひとときを、戸外の空気に親しんでいた。話題はいずれも飛行機の話ばかりで、各自の訓練ぶりや失敗談、さては自慢話などに花を咲かせていた。そのとき、飛行長が大声で叫びながら、食堂の方から飛び出してきた。

「今頃、単座で飛び回っているのはどこのポンスケだい。自殺する気か」

ちょうどそのとき、来合わせた当直将校が、

「先ほど着任しました大橋中尉です」と返事した。

「飛行内規も心得んくせに、近頃の若年搭乗員はすぐこれだ。おい、誰か――」

と言いかけて、飛行長は空を見上げたまま口をつぐんだ。士官たちは総立ちになった。

いまほとんど暮れなずんだ大空に、がっちり編隊を組んだ二機が、士官宿舎目がけて急降下してくるところであった。角度は六十度、操縦している私には、ほとんど垂直降下のような感じであった。頭を上げなければ水平線は見えない。庁舎はあたかも私の照準レンズのなかに固定したかのごとく動かず、ただ降下していくにしたがって、しだいにその姿を拡大していくだけであった。私は二度繰り返し、高度五百メートルまで下がった。息は止まり、血管は破裂しそうであった。

しかし、私は心にある憤懣の最後の一片を吹き飛ばすまでやらなければ気が済まなかった。

横転、反転、宙返り、三十分にわたって私は自分の持つ秘術を出し尽くして運動した。真っ暗になってから私は着陸し、宿舎へ引き上げた。

四、五日のブランクは、何年も飛行機に乗らなかったような感じであった。私は沖縄の殴りこみ以来、夜間は初めてであった。けれども、あれ以来、夜間飛行に対する自信は、動かし難いものになった。降爆であろうと、スタントであろうと、私はほとんど不安を感ずることなしに、夕暮れの空を存分に駆け回ることができた。

着陸滑走に入ったとき、私は座席に背をもたれかけたまま、落ち着いた気持ちで、格納庫まで二番機を誘導していくことができた。最前まで私の心のなかにくすぶっていた、もやもやした気持ちは、いつの間にか、霧が晴れるように消え去ってしまっていた。

もちろん、このあとにどんなことが起こるかも、私には予期されることであった。しかし、私はそんなことには慣れきっていたし、また恐れる気持ちも起こらなかった。

愛機を格納し終わり、一通り片づいたあとで、私は食堂に入ったが、士官は誰もいなかった。私はただ一人、冷たくなった食事を済ますと、ガンルームに入っていった。ガンルームでは、士官たちが幾つかのグループに分かれて談笑していた。私は尋ねるのも面倒だと思ったので、「キャップはおられますか」と大声で怒鳴った。士官たちは一斉に私の方を見た。瞬間、室内に異様な空気の流れるのを感じた。覚悟はしていたけれど、一瞬私はたじろいだ。

「おう」と、鼻の下に髭を蓄えた、三十年配の色の浅黒い士官が立ち上がった。襟には大尉の階級章がついていた。

「大橋中尉、本日、三空より着任いたしました。よろしくお願いいたします」

キャップの目はジロリと、一種の凄みを加えて光った。

「俺はキャップの曽根大尉、よろしく」

とぶっきらぼうに、投げつけるように、型通りの挨拶をすると、士官たちに向かって声をかけた。

「聞け——ガンルームの新入りを紹介する。本日、三空より着任の大橋中尉、配置は予備員」

私は頭を下げて、

「よろしく願います」と言った。

士官たちは、おのおの場所から立ち上がって私に答礼した。けれども、室内の空気はなんとなく緊張していた。

「あいつだ」

「なんだ、まだ若造ぢゃねえか」

「ヤキを入れてやれ」

などと、ひそひそ話す声が私の方へ聞こえてきた。

部屋の中央、キャップのかたわらに立っている私は、あたかも法廷に立たされている被告のような感じだった。キャップは私の方を向くと、黙って私の顔を見つめた。その眼光は刺すように鋭かった。次になにが来るか、私にはわかっていた。数秒の沈黙のあと、キャップは口を開いた。

「大橋中尉、夜間訓練をすると誰にことわったか」

「当直将校に届けました」

「当たり前だ。貴様はそれだけでよいと思ったか。三空ではそうしていたのか。貴様は先任に届けることを知らなかったのか」

曽根大尉の声は、しんと静まり返った室内にガンガン響いた。

「知っております」

「なぜやらなかった。貴様は士官室に挨拶も済まさんうちに、馴れ馴れしく乗り回しやがって、それでも良いと思ったのか」

私はもうこれ以上言う必要はないと思った。これ以上、問答無用である。やらなかったという事実は、どんなに筋が通った理由があろうとも、要するにそれはただの弁解にすぎない。もし届けたならば、許されなかったに違いない。このことあるを予期したうえでやったのだ。

生命をかけた必死の訓練をやったのだ。悔いることはなかった。キャップの隣りに立っていた士官が、私の前へ立った。

「貴様は、ちょっとばかり夜間飛行ができると思って、つけ上がりやがって、生意気だよ。中尉にもなりやがって、戦闘機乗りの仁義も知りやがらねえ、挨拶もしやがらねえで」

いつの間にか、周りには士官たちが集まって私を囲んでいた。

「やいこの野郎、指を伸ばせ。不動の姿勢かよ、それが」

ピシャリと私は手の甲をうしろからはたかれた。

いよいよ始まり始まりと、私は心のなかで思った。私は静かに歯を噛みしめた。殴られたときの用心にである。

「なんとか言え、唖か貴様は」

曽根大尉が私の前へ一歩進んだと同時に、ガンガンと両頬に衝撃を感じた。パンチだ。私は足を広げてなかったので、よろよろとよろめいた。

「ふらふらするな」

誰か脇の方で叫んだ。曽根大尉は、

「俺のあとについてこい」

と言うなり、私に背中を向けて歩き出した。私もその後をついて部屋の外に出た。

四月とはいえ、まだ夜の外は寒かった。飛行服は着ていたが、夜気が服を通して肌に触れるような感じがした。私は芝生の上に両足を広げて立った。異常な緊張感と冷たい夜気を受けて、私は体中がぞくぞくと寒気だってきた。最前まであんなに近く、あんなに親しく見えていた星は、いまはもう冷ややかに黙って私を見下ろしているように思えた。私は歯を食いしばった。そして体中に力を入れた。

　私の周りには、士官たちが二十人近く集まっていた。私の前に曽根大尉が立った。彼は腰を落とした。右手を横へ大きくモーションをつけた。反り返った彼の肩が前へ出たと思うと、ガーンと私の左頬が鳴ると同時に、頭の中心にヅーンと響いた。痛くはなかったが、気が遠くなるような鉄拳である。

　これはいける、と私が思った瞬間、続いて右の頬が鳴った。ガーン、ガンガン、続けざまに、右、左と八発の鉄拳が集中した。それは非常に馴れた上手なパンチであった。下手な鉄拳はただ痛いだけであるが、上手なのは決して痛くない。その代わり、失神させられる。八発目が終わったとき、曽根大尉は私の目を穴の開くほど見据え、

「シレー、としてやがる。これが俺の挨拶だ。覚えておけ」

　と言うと、二、三歩引き下がった。あとで聞いた話だが、たいがいの者は、曽根大尉の鉄拳だと、三発目くらいまでしか頑張れないという。

新任の少尉さんたち十人を十発の鉄拳で、飛行場の芝生の上に寝かせてしまった経験があるという。けれども、私はそんなに簡単に倒れなかった。一発浴びるたびに、私の心のなかは、敵と相対するときと同じように、薄笑いで満たされていくのであった。「ふん、さあ来い」と。だが、私がそう簡単に倒れなかったということは、決して私にとって、よい結果をもたらさなかった。それは、こんなことがあるたびに毎度味わうことであるが、くそーっ、と思って最後まで頑張り抜くと、結局、あの野郎、図太い野郎だ、ということになって、倒れるまで張り飛ばされるのが関の山であった。また、そのたびに私の腹に思うこと、すなわち、こんなヘナチョコ士官に倒されてたまるもんか——という気持ちが顔に出るのかも知れなかった。

士官たちは代わるがわる私の前に立った。そして、簡単にお説教すると、私に彼らの最良の贈り物である鉄拳を見舞うのであった。これは海軍戦闘機隊の伝統的な、新任士官に対する挨拶でもあったのである。一人の小柄な士官が私の前に立った。大尉だった。

「降爆に入るときの速度は？」

「九十五節《ノット》であります」

「引き起こし時の高度は？」

「五百メートルであります」

「速度は？」

「四百節であります」

「馬鹿野郎——貴様、飛行機を打ち壊す気か。貴様らの一人や二人死んだって、帝国海軍には影響しないが、飛行機の損失は重大な問題だ」

この小柄な将校は、伸び上がるようにして私に鉄拳を雨のように浴びせた。しかし、このぐらいの速度を出さないと、夜間の爆撃でさえ危ないということを、この将校は知っているのであろうか。ロケット砲弾の束を集中されたら、四百節でも危険なことを、この将校は経験しているのであろうか。教科書には、四百節を出せとは書いていない。しかし、私たちの搭乗機でも、制限速力以上に走らなければ、戦いはできなくなっているのだった。

私はとっくに制限速度内で訓練する常識は、打破してしまっている。この将校は、ほんとにいまでもそう思っているのであろうか。それとも、たんに私に言いがかりつけるための口実なのであろうか。私はなんともいえぬ寂しい、そして味方の戦闘力というものの正体が案外、こんなところにあるのだという、諦めのような気持ちになりかけた。

けれども、彼はそんな私の気持ちにはいっこうお構いなしに私を殴った。私の両頬は、もうすでに火のように熱していた。殴られても痛いという感じはなくなった。しかし、殴られるたびに、私の意識は、水をかけられたガラスのようにボヤケていくのであった。彼はしまいに足を上げて、私の膝のあたりを蹴ったけれど、不思議に私は倒れなかった。気がつくと、失神する私を警戒してか、誰かがうしろに立って、私を抑えているのだった。

なおも、将校たちは代わるがわる私を殴ったり、蹴ったりした。そして私はついに意識をなくしてしまった。

バケツに手を突っこんで、手を冷やしていた将校、それは容姿端麗な美青年の中尉であったが——彼が私の前へ立つなり、

「俺の鉄拳では、貴様には不足だろうが」

と言いつつ、ビシャリと頬に入った一撃で気を失った。私は無我夢中で、必死の思いで、現実に目を覚ますと、その中尉はまたもやバケツに手を入れていた。私は体を抑えられ、倒れることができなかった。

こういうときに一撃で倒れる、演出のうまい同期生のいたことを思い出したりした。私も初めにそうすればよかったという気がした。バケツから手を出した将校は、また私の前に立った。

「言い忘れたが、俺は徳川中尉。よく覚えとけ。貴様もよく頑張る。さあ、いくぞ。しっかり歯を食いしばれ、足をふんばれ」

私の口のなかは血で一杯だった。頬の内側の肉がズタズタに切り裂かれたのであった。こんなことはしかし、海軍に入ってから馴れっこになっていた。けれども、明日から当分、熱いものが食えぬと思うと、がっかりした。続けて見舞われた徳川中尉のパンチは、相当なものだっ

た。これは相当骨っぽい殿様だぞ、私はそう思いながら、いつの間にか気を失ってしまった。

気がつくと、私は芝生の上に寝かされていた。顔から胸にかけて、水がかけられていた。濡れたタオルが顔の下半分に、湿布をするように置いてあった。あたりには誰もいなかった。

私は立ち上がると、帽子を見つけて頭の上に載せ、ガンルームへ戻った。部屋へ入る前、私は入口の流しで顔を洗い、口をゆすいだ。それだけで、私はさっぱりしたような気持ちになった。ガンルームに入った瞬間、在室の士官たちは一斉に私の方を見た。私を殴ったばかりの士官も大勢いた。皆、トランプ、囲碁、将棋などをやっていた。私は軽く頭を下げると、大声で怒鳴った。

「従兵——おるか。酒持ってこい。大橋中尉の私室だ。肴も缶詰でいいから持ってこい」

言い終わると、私は「ネス」と一言挨拶してガンルームを出た。

酒をぶら下げて私は、小糸少尉の私室を訪ねた。久しぶりで再会した二人の間には、次から次と話題はなかなか尽きなかった。彼はほとんど酒を飲まなかった。私は一人で二升もの酒を平らげてしまったけれど、興奮しているのか酔わなかった。彼は私がガンルームに入ってきたとき、居合わせたと言った。

「俺が殴られるところなんか見なくてもいいのに」

「いや、一週間ほど前、油谷というおそろしく張り切った中尉が来てね。やはり挨拶を受けたんだが、曽根大尉のパンチを二、三発食らってぶっ倒れたあげく、ポロポロ涙をこぼしやがってね。だらしがねえってんで、さんざんやられたが、貴様はどうだろうと思ったんさ。うふふ、西田さんの鉄拳貰って育っただけあると思った」

「西田さんは、今日こういうことがあるときのために、我々を強くしてくれたのかも知れんよ。実は三、四日前殴られたばかりなんだ。それにしても、その中尉さん、ちょっと弱いぢゃねえか」

「しばらく教育隊にいたらしいよ。教官配置について、威張り散らしていると、どうも弱くなるらしいね。その中尉さん、お前を殴ったなかにいたぜ」

二人は顔を見合わせ、声を出して笑ってしまった。明日がまたある。そして、その明日の日には、また生命をかけた訓練があるのだった。

私は窓ガラスに映る自分の顔を見た。なんだか、他人様のような気がしてしかたがなかった。昼飯は九州の基地だったのに、あれから十時間も経たぬいま、東北の一角で酒を食らって笑っている自分が不思議でならなかった。

けれど、私の顔がちょっと違うような気がしたので、両頬へ手をやってみると、福助足袋の看板みたいに、私の顔はふくれあがっていた。ただ酒を飲んだために、痛さを感じないだけであった。

「大橋中尉、貴様が飛んでいるときな、俺も随分無茶やるなあと思ったけれど、俺、戦闘機のことはよくわからんけれど、誰かがね、確か貴様を知っているやつだよ、きっと。あいつの飛び方は机流だと言っていたよ。前からそういう傾向があったけれど、なんて言っていたよ」

「机流ってなんだ」

「ほら、大菩薩峠に出てくるじゃないか、机竜之介、あれのことなんだそうだ」

私はオヤッと思った。私は入佐少佐から常に「剣をとったら宮本武蔵の如く、空を飛んだらリヒトホーフェン〔第一次大戦に於けるドイツ空軍の名パイロット〕の如くなれ」と言われていたのを思い出した。

「おい、机竜之介というのは、えらいニヒリスティックな武士じゃないか。彼の剣は冴えていたかも知れんが、邪剣だよ。彼の剣には、妖気がただよっている。そんなものと一緒にされてたまるかい」

「だがな大橋、俺は戦闘機乗りのことはよく知らんが、敵と渡り合う人間は、生き残っていくと、だんだんとそうなるのではないかな。人生に対して鋭い批判力なんか持っていたら、とても敵のなかへ飛びこめまいに、白分を殺し切らなければな。お前にはあきれたよ。他人が殴られているような顔をして殴らせているから世話はない。お前は敵と遭遇したときは、ニタニタ笑う方だろう。随分変わったもんだ。戦争ずれだよ。いや弾丸ずれかな。入隊して三日目には、吊り床のなかでシクシク涙を流していた人間だったのに」

彼は一合足らずの酒でもう酔っているのだった。私は立ち上がった。また明日がある。彼は酔うとくどくなるのを思い出した私は、
「爆撃屋さんは、酒に弱いですな」
と、肩をポンとたたいて部屋を出た。

興奮してか、ベッドのなかへ入りこんでも、私はなかなか寝つかれなかった。こういうときよくあるように、今日一日の出来事が絶えず頭のなかを巡っては、私の心をかき乱したりした。午後、松島行きの命令を受けるまでの、私の持って行き所のない辛い気持ち、基地を飛び出すときの冒険や、今村中尉の手を振る姿など、際限なく私の頭に浮かんでは消えたりした。

私はなぜ飛行機乗りになんかなったんだろう。いまにしてみれば、兵隊の先頭に立ち、軍刀を振りかざして敵陣へ飛びこむ、歩兵の将校の方が、よほど気楽でよいと思ったりした。

飛行機の操縦はデリケートである。千分の一回転ほどのエンヂンの操作いかんによって、生死の分かれ目を左右する空中戦は、激しい訓練と精密なる注意力の積み重ねによってでなければ自信を持ち得るまでには至らない。それは技術の錬磨と同時に、精神の錬磨でもあった。エンヂンの吹かし方ひとつにも、その人の個性が現れる。したがって、爆音によって、その人の性格がわかるものである。私が机流とは意外でもあった。それほど私は、精神的に荒れているのであろうか。私は静かに目をつむった。

明くれば、私は午前四時に起床した。外はまだ暗かったが、格納庫ではもう整備員たちが仕事にかかっていた。私は愛機を引っ張り出すと、エンジンをかけた。爆音は朝風を切ってさわやかに響いた。

九州にいるときから愛用した飛行機は、すでに自分の肉体の一部も同様になっていた。胴体をなでまわし、操縦装置の作動を確かめ、爆音に耳を傾けた。爆音のわずかな変化にも、私たちはエンジン内部の故障を察することができた。

それは決して、機械の故障ではなかった。生きるもの、愛するものの、病的なうめき声のように、私には聞こえてくるのだった。その音の具合によって、私はそれがカムシャフトかシリンダー内部か、オイル系統か、弁か、見分けることができた。我が生命を託し、我が生き得る望みのすべてを託した愛機は、同時に我が生命でもあった。

エンジンは快調であった。夜は静かに明け放たれてきた。空は快晴である。午前五時、私はスタート位置に着いた。指揮所では白旗が下ろされた。離陸差し支えなしの信号である。ほかの飛行科士官たちはまだ現われなかったが、指揮所には飛行長の姿が見えた。私は軽く右手を挙げて挨拶すると、一息に離陸した。

高度五千メートル、いましも太平洋の彼方の水平線は、茜色に染まり、大自然の荘厳なる儀式ともいうべき日の出の序幕が開かれ始めたのである。

私はまず宙返りから始めた。朝の大気をついて十回、二十回と休みなく繰り返す宙返りは、軽いトレーニングでもあり、飛行機乗りの朝の挨拶でもあった。

続いて、横転、緩横転、宙返り反転、垂直旋回、失速反転、上昇反転、きりもみ、と一通り

終わるころは、さすがにビッショリ汗をかいていた。温度計を見ると、零下十二度であった。気がつくと、高度四千メートル、愛機の両翼からはスーーと飛行雲が流れていた。水平線から顔を出した太陽に美しく映える島々。波は黄金色に砕け、北上山塊の山々は、紫紺色に染まり、なんともいえぬ景観である。

何度も経験する景色ではあったが、私はいまさらに、「よくぞ男に生まれけり」の感慨を新たにするのであった。

飛行長に着陸の報告をしてから、私は食堂へ入った。

味噌汁は口に沁みて吸えなかったし、熱いご飯は口を開けて入れることができなかった。水を入れて流しこめば食えないこともなかったが、かかることは、作法のやかましい士官食堂ではできなかった。

思い切って熱い汁を呑みこんだら、昨夜の傷口が裂けて、口のなかへ血が溜まり出した。けれども、キャップが立ち上がるまでは、中座することは許されない。血もご飯も一緒くたにして、私は胃のなかへ流しこんでしまった。


隊長のテストは、午前の訓練の第一番に衆人環視のなかで行われた。飛行場の芝生の上に作られたテントのなかには、艦隊参謀、司令、飛行長など航空隊の首脳部がいかめしく居流れていた。今日の訓練の模様で、私の上に貼られる正札の値段は決まってしまうのであった。

高度三千メートル、科目は追従攻撃より始められた。隊長は仮想敵となり、あらゆる秘術を尽くして逃げるのを、私が追いかけるわけである。これは編隊飛行の応用ともいうべきもので、私の最も得意としたものであった。

私は隊長の後方五十メートルのところに位置した。訓練は始められた。隊長は旋回、上昇、反転と三十分にわたって逃げ回った。しかし、私は食い下がったまま離れなかった。もし私が

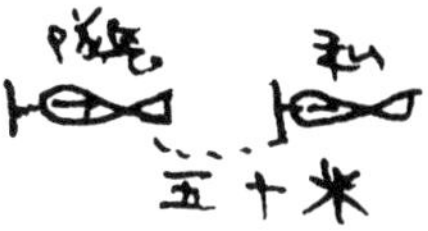

振り離されてしまったら、実戦の場合は、墜とされてしまうのである。
あるときは、八千メートルの高度で、あるときは地上すれすれの高度で、私を振り切ろうとしたが、私は離れなかった。距離はますます縮まり、その差十メートルくらいまで接近した。いつの間にか、死んでも離れまいとし、ますます接近する私と、定石を破って接近してくる私を嫌って振り離そうとする隊長の間には、殺気に満ちた空気が流れだした。隊長に較べれば、私の飛行時間などは問題にならぬほど低い。航空隊では飛行時間によって、実力は計られるものである。しかし、私はそんな常識は破られていると信じていた。

　隊長は雲のなかへ飛びこんだ。相手が雲のなかへ飛びこんだ場合は、適当な位置を判断し、そこで相手が雲のなかから飛び出すのを待ち受けて攻撃するのが、教科書通りの定石であった。

しかし、たびたびの実戦によって、そんな生ぬるい戦法では、敵を逃がすばかりか、敵の戦術に引っかかって、逆に不利な態勢に追いこまれることを私は経験していた。雲のなかへ退避しそうな形勢を察すると、私は思い切って距離を縮めた。私のプロペラシャフトと隊長の尾翼とは、一メートルくらいの距離で雲のなかへ飛びこんだ。雲のなかへ入ると、座席は見えなかったが、隊長の尾部は見えた。垂直尾翼と水平尾翼の揺れを見つめて追跡した。雲中の急旋回も尾部の揺れ方によって、瞬間にこれに合わせなければ振り切られてしまうのであった。そしてもし、瞬間のスピードの調節を誤ったら、私のプロペラは隊長の尾部を噛み切ってしまう可能性は充分であった。

　これはいままでたびたび目撃したものであり、飛行学生時代、この事故で一ヵ月間に八人の教官が殉職した例もあるのである。けれども、私はそれは覚悟していた。振り離されて嘲笑されるより、隊長の飛行機を噛み切った方がいいと思った。

　噛んだ方は、十中八九助かるが、噛みつかれた方はほとんど助からないのが例である。私は隊長に対して、個人的な感情はいっさい持っていない。否、上級者に対する尊敬の念は忘れていない。しかし、飛行訓練は常に待ったなしの一本勝負である。

　気温は低いにもかかわらず、私は体中ビッショリ汗を出していた。脂汗である。全身の神経を目に集中し、隊長の尾部の一ミリの揺れも見逃すまいと思った。雲中の宙返りや反転も何回か行われた。しかし、隊長が雲から出て後ろを振り返ったときには、尾部と私のプロペラシャフトとは、一尺〔約三十センチ〕くらいしか距離はなかった。

「追攻終わり。次は優位戦に移る。大橋中尉、高度上げ、ただいまの位置、飛行場上空」

次に行われた優位戦、劣位戦は、比較的簡単に済んだ。優位戦では、隊長機に真正面から突

優位戦

っこみ、隊長が除け損ねて、危うく正面衝突するところで、隊長は右上方に退避したが、それによって勝敗は決した。劣位戦では、二十分にわたって逃げ回り、反撃の機会を狙ったが、ついに目的を果たせず、隊長に食い下がられてしまった。

訓練後の講評は、規則を無視し、非常にでたらめであるということであったが、終わりに隊

長は私に、
「お前と訓練するのはごめんだ。おそろしい」と言って、笑っていた。
私は着陸後の天幕内の空気で、だいたい私としても認められるだけのことをしたという感じがした。実力のものを言うこの世界では、実力がある程度認められれば、あとは楽なものである。
私は九州の基地にいる西田大尉を思い、そして亡き入佐少佐に感謝した。私を今日、これほどまでに叩き上げてくれたのは、自分の努力以外はこの二人に負うことが大きかった。西田大尉は学生時代に主として精神的に、そして入佐少佐は飛行士官としての実戦上の技量と、そして精神的な面で私を導いてくれたのだった。

それにしても、今日のテストは猛烈なものであった。私はくたくたに疲れた。けれどうれしかった。村山二等兵曹は私のところへ来て、うれしそうにいった。

「大橋中尉、雲のなかから隊長機と大橋中尉機と重なるくらいにくっついて飛び出してきたとき、将校は皆総立ちになりましたよ。飛行長が、ありゃなんだ、なんて言ってましたよ」

彼の言うことは子供っぽかった。しかし、上官の腕前が認められたことは、彼にとってうれしかったのであろう。けれども、考えてみれば、この村山兵曹にすら、飛行時間の点では、私ははるかに劣っていたのである。

芝生に腰を下ろし、ほかの人たちの訓練を眺めていると、皆、さすが、各隊より選抜されて集まっただけに、実にあざやかであった。私はまだまだ自分の実力というものは、言うに足りないものであると思った。私はふと、隣の村山兵曹に話しかけたくなった。

「貴様、飛行機乗りには娘はやらぬ、という歌を知っているか」

「知っています。今日は花嫁、明日は後家、やらぬ娘は行きたがる」

二人は顔を見合わせて笑った。

「分隊士、私の両親の写真をあとで見てください。今夜話に上がってもいいですか」

二人の間には、すでに兄弟のような感情が流れ始めているのだった。

松島の生活は張り合いのある毎日であった。訓練のためには、燃料の制限もなかった。私は村山兵曹を相手に、夜明けから夜まで飛び続けた。飛ぶこと以外、私の念頭にはなにものもなかった。食事をするときも、ベッドのなかへ入ってからも、眠るまでは、ただ操縦のことしか頭になかった。昼飯は飛行場で済ませた。燃料補給と食事以外は降りなかった。

よく体が続いたと思う。一ヵ月経たぬうちに五百匁〔約十九キログラム〕も体重が減ったけれど、そのほかは別に異状がなかった。大空に明け、大空に暮れる私の生活は、いままでで一番楽しく、そして張り合いのある生活であった。

だが、その半面、内務生活はそれほど楽しいものではなかった。士官たちは私のことを陰で「ヨビ中」と呼んだ。これは現役将校が予備学生出身の将校を言うときの悪口である。

でも、私は予備中尉でどこが悪いのかと思った。戦争するのは彼ら現役将校だけではない。これは九州の基地や虎部隊にいたときは、経験しなかった感情である。もちろん、そう言って私を軽蔑するのは、ごく一部の人たちに過ぎなかったけれど、ことあるごとに、彼らの言動は、静かな気持ちで操縦に邁進している私の気持ちを逆撫でするのであった。これはいつか衝突するな、と私は思った。

松島へ来てから十日近く経ったときである。私は例によって、夜の十時に飛行場へ降着した。食事を済ました私は、新聞を読みたくなったので、ガンルームへ入っていった。士官たちはキャップが私室へ退いたとみえて、二十人くらいしかいなかった。武装しているのは、私一人だった。日の暮れ際に着陸したほかの士官たちは、もう平服に着替えていた。

　私がソファに腰を下ろし、新聞を読んでいると、向かいの小卓でトランプをやっているグループがいた。よく見ると、トランプは止めたらしく、グラスを傾けてウイスキーを飲んでいた。話は例によって、飛行訓練の研究をしているらしかった。私がソファにもたれて新聞に読みふけっていると、ふと「ヨビ中」とか、「三空」とかいう言葉が聞こえてきた。それは新聞を読み始めてからだいぶ経ってからであったけれど、私はハッと思って、新聞越しに彼らの姿を見つめた。

　少尉二人に中尉三人のそのグルッペは、皆、名前も知っていたし、所属隊も知っていた。しかも、彼らは最前から私がここにいたことは、入ったとき挨拶したので知っているはずである。もちろん、これは嫌がらせであった。

「予備学生が入ってきてからに、帝国海軍も弱くなったよ。とにかく、足手まといだよ」

　一人が聞こえよがしに言った。私は黙って立ち去るべきであった。しかし、なぜか今日は立てなかった。立ち去ったあとの彼らの笑い声を聞くことも不愉快であったからでもあるが、けれど私の心の底には、もっと強い感情の流れがあった。ここの人たちは皆しっかりした良い人たちばかりなのに、どうしてあんな根性の小さいのがいるのかしらんと思ったが、私は新聞を読むふりをしていた。

「やつは、だいぶカーブを上げているが、根性はたいしたことはないよ。命が惜しくて特攻隊に編入されることを断ったそうだ。将校の風上に置けんやつさ」

明らかに私は挑戦されていると解釈した。先ほどからしゃべっているのは、相川という色の真っ黒い中尉だった。私は新聞を伏せた。彼らの目は一斉に私の方を向いていた。私はこやつだと思った。私は立ち上がった。

「相川中尉、もういっぺん言ってみろ」

「貴様、それが先任に対する礼儀か」

相川中尉は反射的に応答した。私は黙って近づいた。相川中尉は立ち上がった。しかし、立ち上がりきらぬうちに、私の鉄拳はすくい上げるように、相川中尉の下顎に命中した。相川中尉はのけぞったが、すぐ起き上がろうとした。しかし、私の足はその向こうずねを蹴上げていた。彼は足を押さえてうずくまった。

私は腰の拳銃を抜き、安全装置を外して引き金に指をかけた。止めに入ろうとした将校たちも、引き金に指がかかったのを見て立ち止まった。私は彼を射殺するつもりだった。それによって、軍法会議で罰せられることなんか、私の念頭になかった。

「貴様の存在は、戦闘隊に一番大事な団結を乱す。武士の情けだ、表へ出ろ。拳銃を持ってくるだけの余裕を与える」

「俺は軍人だ、私闘はやらん」

彼は顔をしかめて立ち上がりながら言った。

「いいから表へ出ろ。俺は貴様を射殺する」

彼は蒼白い顔をゆがめて、突っ立ったままなにも言わなかった。私は決して興奮はしていないつもりだった。心はむしろ冷ややかであるような気がした。しかし、軍人として、最上級の恥辱を受けた以上、私はただ相手を抹殺せねばならぬと思ったのである。

私は拳銃を目の高さに上げ、左手を副えて軽く握った。銃口は彼の眉間に向けられた。ふとその瞬間、銃口を手で覆った者がいた。見ると、小糸少尉だった。

「こんなことになると思ったよ。事前になぜ俺に一言挨拶せんか。拳銃を引っこめろ」

私がひるんだすきに、彼は右手で拳銃の銃口を摑み、自分の胸に向けてしまったので、私は引き金から指を離した。

彼はそれを見ると、拳銃を私からひったくってしまった。私がその拳銃を取り返そうとすると、士官たちは私と相川中尉の間にどやどやと入りこんでしまった。小糸少尉は私の手首を摑むと、ぐいぐいと引っ張り出した。おそろしく力のあるやつだと思ったが、そのとき小林大尉が私の前に立った。彼は当隊パイロットたちの大先輩であり、人格的に尊敬され、海軍内部でも聞こえた人であった。

「大橋中尉、事情はよう俺が知っている。今夜はまずこの場は俺に任《まか》せて引き取れ。悪いようにはせん」

　私は小林大尉の言は、私にとって引くべき潮時だと思った。

「私は軍人として最大の恥辱を受けました。残念に思います」

　そう言うと私は小林大尉に敬礼し、小糸少尉に引かれるままに外へ出た。彼は私の私室まで引っ張ってくると、なかから鍵をかけた。

　しばし無言であった。彼は寝台の上に腰を下ろすと、煙草に火をつけた。私はなんだか気抜けがしたような気がしたが、相手を撃たなかったことが残念なような気がしたので、思わず、

「残念だ」とつぶやいた。

「大橋中尉、この隊にはな、士官だけでも百人以上いる大世帯だから、なかにはあんな大馬鹿がいるさ。貴様でなくて俺だったら、あのときにズドンと一発食らわせていたろうな」

　私はびっくりした。

「なんだって止めやがんだ」

「俺でなくて、貴様だから止めたんさ。俺がやれば、貴様が止める番だったろうよ。俺は前から陰で言われているのを知っていたんだ。ヨビ少は軍刀の使い方も知らねえの、敬礼もできね

えのと、随分言われたことを知っている。だが、隊が違うもんだから、今夜の貴様みたいに面と向かって言われたことはねえ。貴様が来てから、このことが気にかかっていたよ。貴様のことだから、殴り合いはすまい。その代わり、軍刀を抜くか、ピストル沙汰になるだろうと思っていたよ。それを心配したり、また半面、貴様が撃ち殺してくれたらいいと思ったり、妙な気持ちだよ。戦争はやつらばかり、やっているんであるまいに、なにかというとヨビ少と言いやがる。みんな良い人たちばかりなのになあー。海軍って皆スマート〔物事を正確、迅速に処理し、しかも美しき軽快な動作をなし、心の優しき人を言う。服装を言うのではない〕な人たちが多いのに、数のなかには出来損ないもおるわい」

彼は語りながら、だんだんと興奮してくるのだった。私はヨビ中と言われてもかまわないと思った。しかし、私は学生というよりも一日本人として戦争に参じ、強い日本人たるべく心がけてきたつもりなのを、生粋の軍人でないからといって、面と向かって悪口の限りを尽くされるのは、なんとしても許せなかった。

「貴様がヨビ中なら、やつはアル中だよ。今度、面と向かってアル中と言ってやれ。そこでやつが拳銃を抜いたら、貴様、撃ち殺せ。貴様の射撃の腕前は俺が知ってる」

「なんだ貴様、止めやがったくせに、今度はけしかけてやがる」

私は苦笑した。そのとき、従兵が戸を叩いて、飛行長が私を呼んでいることを告げた。

「ほら、お座敷がかかったぞ。言いたいことは、皆言ってこい。骨は拾ってやる」

彼はそう言って、私を送り出した。

飛行長は私室で私を待っていた。テーブルの上には手紙が広げてあった。

「いま、詳細を甲板士官〔隊内の軍規、風紀の取締をする士官。ガンルーム士官が交替で勤務する〕から聞いた。不謹慎なことはするな。非は両方にある。相川中尉には三日間の飛行止めを命じた。ピストルは喧嘩をするためのものではない。搭乗員はピストルを使うときは一回しかない。それは自分の身を始末するときだけだ。そんなことはわかっているはず。わかっているのにやるのは、なおさらよくない。大橋中尉には、三日間の外出止めを命ずる。禁足だ」

私は意外に思った。私たちは事実上、外出したことはない。外出する暇なんかなかった。飛行長もそれは知っているはずであった。だとすれば、意外に軽い。私は一回の進級停止くらいは食わされると思っていた。

「ところで、貴様は入佐少佐の教育を受けたそうだが」

と、飛行長はあっさり話題を転じ、机の上にある手紙を取り上げた。

「三空の飛行長からいま、手紙が届いたんだが、入佐少佐の直弟子、夜間飛行に長ずと書いてある。入佐少佐は俺の同期で、非常に懐かしく思ったんだが、いずれ暇があったら、最後の模様を聞かせてもらう。非常に懇切に貴様の指導をくれぐれもよろしく頼むといっているが、荒っけずりで、がむしゃらな男だから、間違いないようにと念を押している。どうだ、この手紙をどう思う」

　私は一言もなかった。それほど離れた私を心配してくれているとは思わなかった。私が三空を飛び立ったとき、レシーバーに響いた飛行長の声が思い出された。半年近く一緒にいたけれど、ほとんど個人的に話をしたことはなかった。普段、気合いをかけられたこと、辛辣な叱言をいただいたことが、いまさらに懐かしく思い出されるのであった。もう再び生きて相見ることはあるまいに。私は再び会って、話をしてみたいと思った。

「言うことはあるまい。貴様がガンルームでピストルを振り回したと聞いたら、どんな顔をされるであろう。俺としても申し訳ない。今後、隊内では絶対に喧嘩をしないと、俺に約束できるか。なにか問題が起こったら、俺に相談せよ。どんな相談でも喜んで応ずる。決して一人で苦しんではならぬ」

　私はただ頭を下げるよりほかはなかった。己を救うものはただ己のみと、自ら信じて事に処してきたつもりの私も、この大先輩の思いやりには、返す言葉もなかった。いままでのことは、ただ単なる私の思い上がりにすぎなかったのではないかという気がした。

「大橋中尉は明日から小林大尉の下で働け。小林大尉が貴様を指導したいと言ってきている。今後、何事も訓練上のことは、小林大尉の指示を受けよ。俺が言うまでもないが、小林大尉は戦争開始以来の名パイロットだ。数少ない生き残りの国宝的な存在だ。俺が小林大尉から学んでほしいのは、技量もさることながら、あの人間の深さを学び取ってもらいたいことだ。彼は人間として到達し得る、最高の境地にまで至っている人物ではないかと思う」

飛行長はなお、小林大尉がすでにラバウルだけで百五十機の敵戦闘機撃墜の経歴をもっていること、非常な努力家であることなどを語って聞かせた。私はかねがね三空にいた時分から、小林大尉の声望は聞いていたところである。

けれども、松島へ来て実際に彼を見たときは、私はまるで別な人種を見るような気持ちであったが、実際は口数の少ない、色白の優男《やさおとこ》であった。さきほど、私の間へ入ってきたときも、彼の言葉に従うことにしたものの、なお私の心の底には、小林大尉に対しても、体裁のいいことを言っても、結局は同じ系統ではないかという疑いは持ったが、それは誤りであることがわかった。

彼は私を送り出したあと、相川中尉に向かい、

「貴様のような軍人の風上におけんやつは、こうしてやる」

と言って、三つ、四つ殴り飛ばしたそうである。

相手が小林大尉であるだけ、ガンルームは一言もなかった。彼はその足で飛行長の部屋へ行き、事情を話し、私と相川中尉の寛大な処置を願い、私の指導を買って出たのであった。

私と小林大尉の間は、それから約二ヵ月間、部隊が解散されるまで続けられた。この二ヵ月

間こそ、私の終生忘れ得ぬ日々であった。私にとっては、夢中で過ごした、まことにあっけない二ヵ月であったけれど——小林大尉と私との技量の差は、いうまでもなく、先生と生徒の間のごとく、格段の差があった。必死になって応戦する私を軽くあしらいながら、私の前に現われ、私の後ろにつき、横に並行し、私が食い下がろうとすると、雲の峰から峰、谷間から谷間へと、一気に駆け上がっては駆け抜け、夢中で追いまくる私の視界から、いつの間にか姿を消してしまうのであった。なおも夢中で探し回っていると、

「おい、どこを探してるんだ。下を見ろ」

言われて下を見ると、なにも見えない。慌てて機体を傾けてみると、私の真下十メートルくらいのところを吸い付くようにして並行して飛んでいるのであった。その目は私の方を向いて笑っていた。まったく神出鬼没であった。同じ馬力のエンヂンを装備した、同じ型の飛行機でありながら、と私は感嘆するほかはなかった。

小林大尉は、俺は機械に百二十パーセント働いてもらうんだと口癖のように言っているが、しかし、私に言わせれば、それは機械が飛んでいるのではなかった。羽根の生えた人間が飛んでいるようにしか思えなくなってくるのであった。

飛行隊長の飛び方は、風を切って振り下ろされる刀の切っ先のごとく、強引な鋭さがあった。したがって、がむしゃらに食い下がれば、私にも応戦することができた。しかし、小林大尉の

それは、舞踊家の指のごとく柔軟性があり、菜の花に舞うモンシロチョウのごとき変転自在のものであった。

小林大尉は、気象急変の際の処置、空戦中、弾丸のなくなったときの進退、弾丸を撃たずに敵を墜とす方法、包囲されたときの脱出法などを私に教えてくれた。小林大尉は私を叱ったことがなかった。

飛行後の注意事項は、実に詳細にわたって、至れり尽くせりの説明がなされた。色白の神経質な顔立ちをした彼は、真っ白いマフラーに顎をうずめ、両手を使って訥々《とつとつ》と語るその目は、自分の心内を見つめているように澄んでいた。

彼は夜間飛行の訓練も強行した。しかし、夜間の訓練に関しては、彼は私に対して師の礼を採った。

「夜間飛行では、貴様は教官だ。私は学生であるから、いっさい訓練については、指示してもらいたい」

最初に彼はそう言った。天体の見方、星の観測、夜間気象について私から受けた講義は、ほとんど徹夜で勉強をし、翌日には私の質問について、どんどん返答することができるようになった。

訓練に入ると、彼は先に飛行場に着いて、夜設の準備、機体の整備などに万全を尽くしていた。着陸に際しての注意のときは、私の心のなかまで透き通すような目をして聴き入るのであった。

照明弾による測定などは、一度教えると、一人で一晩中、繰り返し繰り返し三十回もやったりして、整備分隊長から、徹夜で毎晩、整備員を使われては困ると苦情が出たりした。彼はまったく飛行に関しては、天才的な能力を持っていた。

もちろん、深い素養があったからでもあったが、だいたい十日もすると、一人で夜間飛行ができるようになり、十五日目には、私はもうお教えするものはありませんと言った。それは私が二ヵ月間、生命を賭け、多くの戦友を失いながら学び得たものだった。

訓練と研究が、小林大尉と私との毎日の生活であった。小林大尉にはなお、そのほかに少しの時間が割かれていた。それは静かなる反省の時間と、そして士官室において、フォスター名曲集を聴くことであった。日記をつけ、感想を書き、反省を綴る真剣な顔や、背の高い電蓄にもたれて、静かにアメリカ民謡を聴く彼の姿は、毎晩のものであった。

「案外なところへ少女趣味を持っているんですね」

と私がからかったら、

「俺は少年時代から好きだった。けれどもいまは、聴くにも心持ちが違う。この人の曲には、人間の持つ感情のすべてが織りこまれている。憧れ、愛着、懐古、喜び、哀れみ、そういった人間感情が、生活の背景である緑の園や、街角のなかへ織りこまれ、人間社会のハーモニイを浮き出しているんだ。我々はそれを忘れている。つまり、我々は人間であることを忘れかけているんだ。これを忘れたら、我々は単に殺人請負業にすぎん。貴様もだいぶ荒れているぞ。カサカサしている。レコードでも聴け。空を飛ぶばかりが、腕前を磨くことだと思ったら間違いだぞ」

かえって、お説教をもらってしまった。

だが、そういった小林大尉の生活態度がわかってくるにつけ、あの飛鳥のような軽快な、そうして弾力性のある運動が、どこにその源があるかわかったような気がするのであった。

いつか私が小林大尉の部屋を整理する手伝いをしていたとき、彼の机の引き出しから、私の持っているのと同じ『マルクス経済学教程』という赤い表紙の本が出てきた。ペラペラと頁をめくると、いっぱい赤線が引いてあり、鉛筆で注釈が入れてあった。もちろん、当時、所持厳禁の本であった。彼は海軍兵学校を出た士官であった。

しかし、単なる殺人業者ではなかった。彼は人間として生きる道を一心に求めているのであった。彼にとっては、視野に入るすべての現象、すべての物が、その求道の対象であった。

こうして、夢のうちに一ヵ月は経ってしまった。松島の一ヵ月、それはただ空の上の一ヵ月しか私の記憶にはないほど、飛びずくめの一ヵ月であった。私の腕前は急速に進歩した。

九州の要務飛行から帰って間もなく、といっても二週間ほど経っていたが、私たち第三三六部隊は岩国へ移動した。

沖縄はもはや絶望状態になっていた。九州各基地も、圧倒的な敵空軍に連日叩かれていた。私たちはなんのために移動するのであろうかと思った。だから私たちは、それから数日にして、世界にも稀な大空中戦を行い、完全なる勝利を得るとは、夢にも思っていなかった。

『奇襲』完

おくがき

野村芳夫

この記録をどう扱えばよいのか。答の出ないうち、いたずらに月日が流れてしまった。

原稿中に記されているとおり、この記録が生まれたのは昭和二十八年の四月である。太平洋戦争の敗戦から八年後という微妙な時期だ。まだまだ、戦争は多くの日本人の記憶に生々しく、また、その爪痕は街角の廃墟にも少なからず残っている一方で、日本は急速な復興をとげつつあった。

それから、六十七年、敗戦後からは七十五年が経ってしまった。

最初は、容易に読みこなせない日本語の断絶が立ちはだかった。今日の日本語は江戸から明治の標準語へ、そして戦後の国語改革とのふたつで過去から分断されてしまった。中央集権国家形成のためには不可欠だったとはいえ、この断絶は目に見えない大きな損失をいまもあたえている。また、当時の軍隊用語や搭乗員の常識がわからず、多様な資料を読む必要があったこと、加えて表現が歴史的仮名遣いにのっとっているうえ、漢字が無制限に多用されていることもその原因となっていた。

「おろくぢ」など、オロチの同類かと思われた。きちんと読めるようになったのは、戦後五十年以後のことである。

このかん、刊行を志したことがなかったわけではない。しかし、書かれていることがあまりに破天荒であり、搭乗員が陸戦隊に加わって敵戦闘機に機銃を向けたり、学徒出陣の学生が一年足らずで実戦に参加したりしているばかりか、たった一年四ヵ月ほどで単座戦闘機を駆って沖縄に夜間飛行をして攻撃をかけるなど、資料を調べれば調べるほど、ほとんど荒唐無稽なものに思えるし、事実、戦史に詳しい人物ほど否定的な意見、アドバイスをくれたのである。

また、あとで述べるような史実との食い違い、あるいは記述の矛盾なども見えてきた。それは八年後にほとんど記憶だけで書いていることにも由来するし、同情的に見れば史実によっては当時まだはっきりしていなかった問題や、まちがった伝聞が流布されていた場合もあったであろう。フィクションであると断っていない以上（さりとてノンフィクションであると明確に記しているわけでもないが）、少しでも瑕疵《かし》があれば、刊行へのためらいも生じてくる。しかしながら、もとよりこの手の私的記録の場合、書き手の動機いかんにかかわらず、誤りや欠陥の混入しやすいのもまた事実である。

ただ、世に多く存在する航空戦、空中戦の記録のほとんどは、当事者自身の筆で書かれていないといわれる。インタヴューをまとめたものはもちろんであるが、本人が書いたような体裁になっているものも、大部分は聞き書きをもとにして、それをライターが再構成したものだという。『聞けわだつみの声』（岩波文庫）などはべつとして、経験した当事者がじかに書いたものが、実はきわめて少ないとすれば、世に出すことを考えてもいいのではないかと少しずつ思うようになった。

それから、また二十年ほど経って戦争の記憶もますます薄れてくるうえ、体験者は次々と鬼籍に入り、新たな記録が出てくることもほとんど望めない。だとすれば、事実性はともかく、学生兵士の見た、そして経験した、海軍航空隊における戦争の、等身大の肉声として世に残す意味はあるかもしれないと考えているうち、とある記述に行き着いた。いまさらながら、ときたま戦史をつまみぐいして読んでいたところ、防衛庁防衛研究所戦史室著の『沖縄方面海軍作戦』（朝雲新聞社、昭和四十三年刊）のなかにたまたま以下のような記録があるのを見つけた。

読みにくいので、カタカナをひらがなに改める。その四六七ページには、なんと幸運にも「とくに零戦の如きは飛行時間僅か一八〇時間の若年搭乗員が夜間単機沖縄飛行場銃撃を敢行してその作戦目的を達したり」とあるでないか。これにも勇気づけられ、今回の刊行にこぎつけることができた。

はるかな記憶をたどれば、昭和二十八年当時、会社から帰ると毎日晩酌を欠かさなかった父親の渡が、およそ一ヵ月のあいだ狭い書斎へ直行し、この『奇襲』とその対になる『血闘』を一気呵成に書き上げたのである。戦友の助けを得たのであろう、タイトルと絵を彫りこんだ板表紙を原稿につけ、綴じこんで完成させた。ごく少数の戦友には回覧したかもしれないが、自分の親兄弟や親戚にも見せず、また家族にも説明せぬまま、筐底《きょうてい》に秘してしまった。そして、なにも語らぬまま、一九九三年（平成五年）八月、病を得て他界した。ちょうど七十才であった。

本書は、春の静かな海軍航空隊基地の場面からはじまり、米軍戦闘機の来襲と対空砲火の激烈な渦のなかの人間が、大橋の目を通して描かれる。米軍の攻撃は二波にわたって続き、多くの犠牲者が出る。特攻志願をめぐる挿話ののち、司令部から緊急指令が出て、沖縄への夜間攻撃へと出撃する。単座戦闘機ではほとんど前例のない夜間のこの攻撃を、大橋は成功させて帰還する。これがどちらも同じ日に行われているのには驚かされる。血気盛りの二十一才だから可能であったのだろうか。

ただひとり特攻を志願しなかった大橋は、編制から外されたが、飛行長などのはからいにより宮城県の松島航空隊に予備員として配属され、ピストル事件を起こし、小林大尉のもとで訓練の日々をおくるようになる。というのが、大筋の内容だ。

戦友たちも、ほとんど大橋と同年代といってもいい。彼らとのやり取りもじつにリアルである。青春がむんむんする匂いを放っている。当然、真っ向から描かれる戦闘の描写は強烈な印象を残すが、その実、青春の物語でもある。戦争の影のなかで、みな青春まっただなかだ。

しかも、敵味方の区別がはっきりしているので、まるで劇画のようである。戦争とスポーツ以外ではこんなに敵と味方ははっきりしない。たいがい、敵と思ったら味方であったり、味方が敵だったりするものだ。

また、類書と異なるのは、本人の筆になる図版が多数あることだ。これは原稿用紙の余白に描かれていて、つたない絵ながら、なんとか理解させたいという情熱が伝わってくる。確かに理解の便になる要素があるし、素人ながら味もあるので、こちらもリライトしたりせず、なるべく本人の描いたとおりに再現して収録した。


ここで、筆者の大橋渡について紹介しておこう。

一九二三年（大正十二年）、七月十日、茨城県猿島郡古河町で、大橋家の三男として生まれた。大きな橋を渡って欲しいということで、父親が渡と命名したという。中学時代には柔道の対抗試合に出場、講道館にも行っている。柔道は二段、足も速く、身長も一メートル七十五センチくらいあり、当時としては大柄だった。茨城県立古河商業学校を卒業し、日本大学経済学部専門部に在学中、学徒動員されている。日大ではグライダー部に所属していた。親が製糸工場を経営していた関係で図書室があり、盛んに読書していて、スポーツマンでありながら、田山花袋や島崎藤村に惚れこむ文学青年でもあった。若いときから、酒はめっぽう強かった。性格は無口でおとなしいが、カッとなりやすく、いったん思いこむと後戻りのきかない猪突猛進型であった。

軍歴のはじまりは、一九四三年（昭和十八年）十二月一日付けで現役編入、海軍二等水兵となるところからである。

翌一九四四年（昭和十九年）の一月三日、武山海兵団所属。二月一日、三重県香良洲《からす》にあった三重海軍航空隊に入隊。最盛期にはここに一万五千人以上がいたという。同期に第十四期飛行専修予備学生がいるが、大橋は日大の専門部なので、第一期飛行専修予備生徒となった。

同年五月二十五日、第一期予備生徒基礎教程修業、九州の築城《ついき》海軍航空隊（第一期は約二百名）に配属される。三ヵ月後、「赤とんぼ」での訓練修了。十二月二十五日には、海軍士官候補生となる。十二月二十八日、練習機教程修業。

一九四五年（昭和二十年）三月一日、第十航空艦隊に編入。同年五月四日、山形県の神町《じんまち》海軍航空隊に配属変更、茨城県の神之池（ごうのいけ、父親はこうのいけと発音していた）海軍航空隊基地に着任。同年七月二十九日、神町から、桜花部隊として編成された第七二二航空隊へ編入。同年八月十五日、神之池海軍航空隊基地にて終戦を迎える。この春に、職業軍人となる道を志願したようだ。

今回、刊行にあたって、もとの原稿を次のような原則で整理したことをお断りしておく。

一、まずなによりも、原稿の記述をできるかぎり忠実に生かすことを心掛けた。そのためには、誤りと思われる表記についても訂正せず、適宜、注などで補った。

二、接続詞の併《しか》しなど、今日では馴染みのない漢字についてはひらがなに改めた。

三、文語的表現や歴史的仮名遣いを口語表現に改めた。ただし、エンジン、ラヂオなどごく一部、そのままでさしさわりのないと思われる言葉はそのままとした。

四、ワンセンテンス内に人称代名詞が、たびたび重複して出てくるので片方をはぶいた。

五、文意の通りにくい場合にかぎり、副詞、形容詞などの位置を変更した。

六、もとの原稿はほとんど改行のない濃縮された文章なので、読者の便をはかって大幅に改行をほどこし、まれに一行空きも加えた。読みやすくするためである。

七、ルビは元原稿の部分はカタカナで振られているので、そのままとし、新しく付けた部分はひらがなとした。

八、人名は一貫して姓と階級名のみで表記されている。一部、名まで推定できる者もいるが、もとのままの表記としてある。仮名《かめい》への変更などの処理はいっさいしていない。

九、一部差別語が含まれているが、歴史的文脈から、やむなくそのままとした。

また、『古今和歌集』や島崎藤村の詩など、戦後、結婚後の渡のとぼしい書架にそれらを見たことはなかったが、記述は正確であった。記憶に刻まれていたと思われる。

しかし、だからといってそれはすべてが正確に書かれていることを保証しない。体験からちょうど八年後に執筆しているから、記憶の錯誤があっても不思議ではないし、ネットで調べられる現在とは比較にならないほど、資料もきわめて制約されていた。

まして、メモすらろくにないような執筆環境では、間違いも混入しているかもしれない。また、真っ正直な渡の性格からすれば考えにくいが、筆が走ってなんらかの脚色が混入していないともかぎらない。

気がついた点は、文中に注として加えておいたが、とくに大きな二つの問題点について、ここで述べておきたい。

まず、肝心の沖縄への奇襲である。

たとえば「コンパスを百五十節《ノット》の幅に広げ、地図の上の線を切っていくと、ちょうど一時間三十分の地点にあるのが、沖縄の首里市であった」と書かれている。百五十ノットは、時速二七八キロとなり、一時間三十分その速度で飛行すれば、距離は四一七キロとなるが、大隅半島南端から沖縄の首里までは少なくとも六二〇キロある。だから、飛行時間が正しいとすれば、速度が違い、速度が正しいとすれば、到着時間が後ろへ約四十五分ずれる。これは推測であるが、書かれているとおりの速度では片道二時間十五分、往復となると四時間半、プラス戦闘時間三十分とすれば、五時間を要する。これは過大すぎる時間ではないだろうか。

　つまり、出発、到着、帰還時刻に重きをおいて考えると、その速度は毎時四〇〇キロ以上となる。つい、通常の巡航速度をここに書いてしまった可能性が高いのではないだろうか。言い換えれば、普段なら妥当と思われる巡航速度、百五十節とか百五十五節ではなく、実は二百二十節と書くべきだったのかもしれない。

　しかし、決め手はない。安易に変更することもはばかられるので、錯誤もふくめてすべて原稿のままとした。

　もう一点、今村中尉が要所に登場するが、実在した二世の零戦搭乗員に今村茂男氏がいる。もし、この記録に残る今村中尉がこの今村茂男氏であると仮定すれば、彼の著書『神風特攻隊員になった日系二世』（大島謙訳、草思社二〇〇三年刊）によると、その出身はカリフォルニア州サンノゼ生まれで、九才のときに日本へ帰国し、松山市の小学校の四年生に編入され、その後、松山高等商業高校を一九四三年九月に繰り上げ卒業している。もしも、接点があるとすれば、三重県香良洲にある基礎訓練をおこなった三重空、あるいは秋水部隊の霞ヶ浦空あたりかもしれない。だが、いずれにしろ、ここに書かれているものとは内容が異なっている。また、特攻に志願したのも東京分遣隊においてで、一九四五年の二月十一日だとされている。そして、特攻訓練はしたものの、出動せずに終戦を迎えている。

　伝聞により書かれたのかもしれないが、ここに記されたものがもしも今村茂男氏だとすれば、だいぶ行き違いがあるのをお断りしておきたい。

　そうした問題点はあるが、まぎれもない零戦搭乗員自身が記したこれだけ長い記録というのは類を見ないのではないだろうか。

　未熟な若年搭乗員というレッテルから逃れるのは、困難がともなう。しかし、ほとんど奇跡的なくらいに、大橋が上官に恵まれたのは事実であろう。入佐少佐、西田大尉、小林大尉いずれもみな、当時の海軍航空隊では至宝と称されるくらいの人材だったようである。彼ら上官に対する畏敬の念は随所に出てくる。

　帝国陸海軍は、近代日本が人為的に築き上げたものとして、おそらく誰も全貌をつかめないくらいの、史上空前絶後の大組織だった。その予算もむろん膨大なものがあった。しかし、多くの致命的欠点を抱えながらも、ある程度、円滑に運営された要因としては、まずもって優秀な人材がそこに存在していたからであるのは間違いない。嫌な思いをしたり、反発を覚えながらも、大橋の筆致には、海軍航空隊に対する誇らしい気持ちが明らかにこめられている。それは身命を賭して訓練や戦闘に従事した自負の念もあろうが、それ以上にこれら尊敬に値する上官の存在に負うところも少なくないはずだ。

そして、さらに愛機、零戦に対する愛情、愛着の念もきわめて強く感じられる。読みどころのひとつといっていいだろう。

文字どおり死線をくぐり抜けた体験は、二十歳そこそこの若者に、とてつもない影響を及ぼしたであろうことは想像に難くない。しかも、死はつねに隣り合わせにあった。あと十日、戦争が長引いていたら特攻で出撃していたから、おまえは生まれていなかったと聞かされてぼくは育った。

予定されていた死、ひとたびは亡き戦友たちのもとに向かう覚悟を決めていたところから生き残っての戦後の生活、平和な市民生活は、父親にとって、それはそれで精神的につらい面もあったにちがいない。だからこそ、やむにやまれず憑かれたようになっていったんは記録を残した。しかしまた、それだからこそ、残した記録について語らなかったのだろう。語るに語れず、黙するほかなかったのかもしれない。それでも表面上、父親は会社員として実直な生活を送り、定年まで勤め上げた。

父たちの場合は、国によって青春を奪われた。そのことの意味は実に重い。ぼくら戦後生まれは、いわば奪われたそれら血染めの青春の直接の申し子なのである。決して、団塊の世代などではない。

しかし、国によってでなくても、いずれにせよ青春はさまざまなかたちで奪われ続けるものである。奪われるからこそ青春なのだといいたくなるほどに——。

若者たちの青春は、これからも（たいてい年上の）他者によって奪われる。しかし、願わくば、奪われるにしても青年自らの選択のみによって、奪われて欲しい。そのあたりのところが、二十一才だった渡から、いまの同世代である若者たちに汲み取ってもらえるなら、この記録を刊行する意味はあったといえるだろう。そのときはじめて、還らざる青春は、忘却の彼方から還ってくるのだから。

以上、奪われた青春の私記、と副題したゆえんである。

奇襲――奪われた青春の私記

2020年7月24日　初版印刷
2020年7月24日　初版発行

著者　大橋 渡
おくがき　野村芳夫
装丁　渡辺光子
編集　野田努（ele-king）
　　　小林拓音（ele-king）
発行者　水谷聡男
発行所　株式会社Pヴァイン
〒150-0031　東京都渋谷区桜丘町21-2　池田ビル2F
編集部：TEL　03-5784-1256
営業部（レコード店）：TEL　03-5784-1250
FAX　03-5784-1251
http://p-vine.jp

発売元　日販アイ・ピー・エス株式会社
〒113-0034　東京都文京区湯島1-3-4
TEL　03-5802-1859
FAX　03-5802-1891

印刷・製本　シナノ印刷株式会社

ISBN　978-4-909483-63-8